Kurt Lehmkuhl: Ein Sarg für Lennet Kann

Kurt Lehmkuhl

Ein Sarg
für Lennet Kann

Kriminalroman
(Mörderisches Aachen Band 2)

Bibliografische Information der Deutschen Nationalbibliothek: Die Deutsche Nationalbibliothek
verzeichnet diese Publikation in der Deutschen
Nationalbibliografie; detaillierte bibliografische
Daten sind im Internet über www.dnb.de abruf-
bar.

Dieser Roman wurde 1997 im Meyer & Meyer Verlag, Aachen
erstmals veröffentlicht. Der Abdruck erfolgt mit freundlicher
Genehmigung des Gmeiner-Verlags, Meßkirch. Er veröffentlicht
diesen Roman in seiner Reihe „E-Book only".

©2021
Herstellung und Verlag: BoD – Books on Demand, Norderstedt.
ISBN 9783753480251

Narretei

Ich muss nicht ganz bei Verstand gewesen sein, als ich die scheinheilige Frage meines Chefs ohne Ausbedingen einer Bedenkzeit bejahte. Andererseits war er halt auch mein Chef und Brötchengeber und konnte quasi kraft Amt bestimmen, was ich zu tun und zu lassen hatte.

„Kommst du mit zur Karnevalssitzung am morgigen Samstag?", hatte mich Dr. Dieter Schulz, seines Zeichens Rechtsanwalt für Familienangelegenheiten aller Art in Aachen, an jenem Freitagabend Anfang Januar beinahe beiläufig gefragt, kurz vor unserem späten Feierabend, als schon alle anderen Kollegen die Kanzlei verlassen hatten. Schulz war unbemerkt und obendrein noch unangemeldet in mein Büro gekommen und hatte mir von hinten die Hand auf die Schulter gelegt. „Ich habe vier Karten für Do und Sabine, für mich und für dich."

Damit war sämtlicher Widerstand, der sich zwischenzeitlich langsam in mir hätte aufbauen können, endgültig zerstört. Die beiden Frauen hätte ich nie alleine mit diesem Chaoten in der abendlichen Dunkelheit durch Aachen gehen lassen dürfen.

Also willigte ich notgedrungen in den Vorschlag ein, gegen meine Überzeugung und voller Vorurteile über den Sinn und den Unsinn im Karneval. Und über die Narretei lässt sich gerade in Aachen, wie ich in den letzten Jahren erfahren hatte, trefflich streiten; in der Kaiserstadt, in der der Orden *Wider den tierischen Ernst* bisweilen einen höheren Stellenwert zu genießen scheint als der internationale Karlspreis.

„Okay", sagte ich meinem Freund und Arbeitgeber, während ich mich im Schreibtischsessel zu ihm drehte. „Ich freue mich riesig. Was wird denn gespielt?"

Das irritierte Blinzeln in seinen Augen verriet mir, dass Dieter mit meiner Bemerkung nicht viel anfangen konnte. „Bist du so blöd oder tust du nur so, Tobias?"

Eigentlich hätte sich Schulz diese dumme Gegenfrage sparen können. Er war kein Deut besser oder schlechter als ich. Es gab sogar nicht wenige Menschen, die uns bisweilen verwechselten, zumal wir beide nicht nur ziemlich gleich alt, ziemlich gleich blond, ziemlich gleich groß und ziemlich blauäugig, sondern auch noch mit Zwillingsschwestern liiert sind.

Dieter fest und mit amtlicher Beglaubigung mit Do und ich weniger amtlich und eher heimlich mit Sabine, die noch einen lästigen Ehegatten mit sich herumschleppte, der sich bislang allen juristischen Trennungsversuchen durch Dieter widersetzen konnte.

Mir machte der vorübergehende familiäre Zustand von Sabine nicht allzu sehr zu schaffen, ich konnte derzeit gut damit leben, zumal unsere Beziehung ohnehin mehr platonisch und beruflich war. Wir sahen uns während der Bürozeiten in der Anwaltskanzlei von Dieter an der Theaterstraße, ab und zu bei Dieter und Do in ihrem Reihenhaus an der Gulpener Straße, dort auch häufig beim Beaufsichtigen meines Patenkindes Tobias junior, oder halt in meiner kleinen Wohnung am Templergraben, die ich nach meiner mehrjährigen, unfreiwilligen Stippvisite in der Justizvollzugsanstalt Rheinbach nun schon seit geraumer Zeit besaß. Äußerst selten hatten wir uns auch

6

bei ihr getroffen. Wenn Sabines Macker es wieder einmal zu bunt trieb und sie sogar in ihrem Appartement am Adalbertsteinweg belästigen wollte, dann zog die Geplagte die idyllische Zweisamkeit mit mir allemal der nervigen Einsamkeit vor.

„Ein Mann wie du, Mitte Dreißig, wird doch wohl wissen, wie eine Karnevalssitzung abläuft", polterte Dieter los und verunsicherte mich damit. Meinte er es ernst oder wollte er mich jetzt hochnehmen? Vorsorglich schaute ich ihn mit großen Augen fragend an. „Und so etwas ist bei mir Bürovorsteher", schimpfte der Uraachener Schulz weiter. „Doof wie Bohnenstroh und keine Ahnung vom Öcher Fastelovend."

Ich sei ja nun auch nicht dafür eingestellt, ihn und seine Mitarbeiter über den Karneval in Aachen aufzuklären, entgegnete ich umgehend. Ich sähe meine Aufgabe darin, ihn und seine Mitarbeiter mit Arbeit zu versorgen und unseren Mandanten die Rechnungen zu servieren. Und die waren durchaus nicht unbeachtlich. Bei Erbschaftsstreitigkeiten oder Scheidungen fiel so manche Mark für unsere Kanzlei ab. Davon ließ es sich gut leben und ich musste Dieter insgeheim dankbar sein, dass er mich an diesem Leben teilhaben ließ. Ohne ihn und Do hätte ich wahrscheinlich nicht den Sprung zurück in den Alltag geschafft und hätte nicht wieder mein Jurastudium aufgenommen. Unseren Traum, einmal gemeinsam eine Anwaltskanzlei zu betreiben, den träumten Dieter und ich immer noch, und er würde in einigen Jahren auch einmal wahr werden.

Dieter winkte ab. Er wollte sich nicht von mir belehren lassen. „Mit dir ernsthaft zu reden, hat doch gar keinen Zweck. Wir treffen uns morgen um achtzehn Uhr bei mir."

Da blieb mir nur noch eines zu sagen.

Doch Dieter kam mir zuvor. „Sabine holt dich um halb sechs ab." Er verabschiedete sich mit dem dezenten Hinweis: „Übrigens: Der Letzte macht das Licht aus und schließt die Tür ab!"

Ich konnte ihm gerade noch ein höfliches „Viele Grüße an meine Liebste und an mein Patenkind!" hinterherrufen, da war mein Freund auch schon in Richtung Familie verschwunden.

Brav und gehorsam kam ich dem Befehl meines Chefs nach. Ich hatte gerade die Bürotür ins Schloss geworfen und den Schlüssel gezückt, als das Telefon klingelte. ‚Warum lässt du es nicht einfach klingeln?', schimpfte ich mit mir, als ich die Tür wieder öffnete und an der Rezeption nach dem Hörer langte.

In aller Regel verhießen Anrufe in der Kanzlei am Abend und speziell am Freitagabend nichts Gutes. Meistens war der Mann durchgebrannt oder die Frau hatte Prügel bezogen oder es war wegen einer Erbschaft der Familienkrieg ausgebrochen.

Ich hatte mich schon auf ein menschliches Drama eingestellt, als ich mich mit einem mürrischen „Grundler" meldete.

„Hallo, Tobias, schön, dass ich dich noch erreiche", hörte ich die immer fröhliche Stimme meiner Sekretärin Sabine.

„Hast du Lust auf einen Abend mit mir? Dann brauche ich dich nicht morgen abzuholen."

Der Vorschlag gefiel mir ausgesprochen gut. Ich willigte spontan ein und lehnte zugleich ihr Angebot ab, mich mit dem Wagen abzuholen. Ich wollte zu Fuß zu Sabine kommen, einige Minuten die Beine vertreten nach dem langen Bürotag.

„Dann bin ich wieder frisch", sagte ich.

„Und zu allen Schandtaten bereit?", fragte sie lockend.

Da wollte ich Sabine wirklich nicht widersprechen, zumal unsere gemeinsamen Schandtaten vergleichsweise harmlos waren. Wir gingen zusammen essen, tanzen, ins Kino und verbrachten die Nächte in getrennten Betten, selbst, wenn wir einmal in einer Wohnung waren. Schließlich wollten wir ihrem Noch-Macker ja nicht auch noch Argumentationshilfe leisten.

Mir war dennoch bisher unerklärlich geblieben, warum Sabine trotz allen Ärgers mit ihrem Gemahl immer noch fröhlich war.

„Das liegt an meinem optimistischen Naturell", hatte sie mir lachend erklärt.

„Und daran, dass du ihr das Gefühl gibst, geachtet und als gleichberechtigte Partnerin gesehen zu werden", hatte ihre Schwester Do mir einmal im vertraulichen Gespräch zugeflüstert.

Ein Kinobesuch im Elysée stand heute auf dem Programm von Sabine und mir. Den Filmtitel hatte ich vergessen, kaum dass der Streifen begonnen hatte. Mir gefiel der Film nicht besonders, mir gefiel es hingegen, dass Sabine meine Hand in ihre genommen hatte und mich festhielt.

9

In der Nacht in ihrem Appartement hätten wir glatt als Bruder und Schwester durchgehen können. Unsere gemeinsamen Stunden bis zum Samstagmorgen vergingen viel zu schnell.

Der große Augenblick, meine erste Karnevalssitzung in Aachen, kam immer näher. Schlichtweg von den Socken war ich, als Sabine kurz vor fünf in großer Abendgarderobe aus ihrem Schlafzimmer auf mich zutrat.

„So willst du dahin?", fragte ich sie entgeistert.

„Aber sicher doch", antwortete sie unbekümmert. „Immerhin ist die Sitzung ein Großereignis in einem festlichen Rahmen." Da wären Anzug, Schlips und Hemd mit Sicherheit nicht die schlechtesten Kleidungsstücke, meinte sie mit einem spöttischen Blick auf mein Äußeres.

Im Gegensatz zu meiner Umgebung habe ich nichts daran auszusetzen, wenn ich mit Jeans und Sweatshirt bekleidet durch das Leben laufe und allenfalls noch meine schöne, abgewetzte Lederjacke trage.

„Du meinst doch nicht etwa, …?, wollte ich Sabine mit einem zweifelnden Blick fragen.

Sie nickte nur. „Das wäre dem Anlass entsprechend schon angebracht", unterbrach sie mich. Sie lachte: „Aber lass' es gut sein. Wenn du dich in deinen Klamotten wohlfühlst, dann ist das schon in Ordnung." Nur ihr Schwager und mein Chef, der würde sich wahrscheinlich wie immer über mein unpassendes Erscheinungsbild mokieren und eine Bekanntschaft mit mir weit von sich weisen, vermutete Sabine. „Aber das ist dein Problem, das ist sein Problem, aber nicht meines."

Sie behielt recht mit ihrer Vermutung. Schulz wollte sich zuerst weigern, mich überhaupt in seinem Daimler mit zur Karnevalssitzung zu nehmen. Erst die massive Intervention von Sabine und Do brachte ihn zur Vernunft. Auch das Argument von Do, man könne meine saloppe Kleidung durchaus als postmodernes Karnevalskostüm deuten, stimmte ihn versöhnlich.

„Dann brauche ich wenigstens keine Narrenkappe oder Pappnase mehr", frohlockte ich.

Auf der Fahrt nach Eilendorf klärte mich mein Freund endlich über die vermeintlich unübertroffene Sitzung auf. Wie so viele Veranstaltungen fand auch die närrische Zusammenkunft des Polizei-Sport-Vereins im Saaltheater Geulen statt.

„Warum müssen wir den ausgerechnet zu einem Sportverein und nicht zu einer Sitzung eines ordentlichen Karnevalsvereins?" Bislang hatte ich Karneval nicht als Sportart abgesehen. Aber offensichtlich hatte ich bisher den falschen Blickwinkel gehabt.

„Ich möchte zum PSV, weil der Sitzungspräsident ein ehemaliger Studienkollege von mir ist", antwortete mein Freund. „Der Doc hat mich eingeladen."

„Weil du eingeladen bist, muss ich leiden?", folgerte ich prompt. Das war mal wieder typisch für Schulz. Er ließ keine Gelegenheit aus, mich zu quälen und zog sogar die Frauen mit in den Narrensumpf.

„Sei still, Tobias!", fuhr mich Do an, die zu meiner Überraschung Partei für ihren Gatten ergriff. „Karneval gehört zum Brauchtum und ist Bildungsgut. Da kannst auch du noch etwas lernen."

11

Ich zog es vor, dazu zu schwiegen. Jede weitere Bemerkung hätte garantiert auch noch Sabine gegen mich auf den Plan gerufen.

Auf der nach Aachener Vorstellung längsten bis zweitlängsten Straße der Welt nach oder vor dem Adalbertsteinweg; je nachdem, ob man nämlich Eilendorf zur Stadt oder zu den unbedeutenden Vororten zählt, der Von-Coels-Straße nämlich, staute sich schon weit vor Geulen der Verkehr. Damit hatte ich nun wirklich nicht gerechnet, dass sich so viele Aachener diesen organisierten Frohsinn antaten.

„Die Sitzung ist ausverkauft", klärte mich Dieter auf. „Alle Karnevalssitzungen in Aachen sind ausverkauft." Stolz fügte er hinzu: „Der Öcher Karneval hat ja auch viel zu bieten."

Mangels eigener Erfahrungen zog ich es wiederum vor, diese Behauptung zunächst unwidersprochen zu lassen.

Beim Humor ist es wie beim Geschmack. Man kann trefflich darüber streiten und sollte es deshalb bleiben lassen. Manch einer konnte wohl deshalb auch darüber lachen, dass ein Karnevalsfreund mit einem Leichenwagen nach Eilendorf gekommen war. Wir hatten das Vergnügen, direkt daneben auf dem Parkplatz gegenüber dem Saaltheater den Daimler abstellen zu dürfen.

Wenn ich das Naserümpfen und die gestrengen Blicke meiner Umgebung richtig interpretierte, gab es zu dieser Sitzung nur zwei Möglichkeiten der angemessenen Bekleidung. Entweder trug der Narrenfreund die große Abendgarderobe oder das bunt neckische Kostümchen und war in diesem zweiten Falle obendrein auch noch größtenteils geschminkt. Als einzig normal gekleideter Mensch kam ich mir ziemlich unnormal in dieser Gesellschaft vor.

Kaum hatten wir uns durch den Eingang gedrängt und die drei Mäntel an der Garderobe abgegeben, da empfing uns auch schon vor dem Saal ein stämmiger, gedrungener Karnevalist, der Schulz freudestrahlend die Hände entgegenstreckte. Mit einer silbernen Pickelhaube auf dem Haupt und in eine grüne, altertümliche Polizeiuniform aus preußischen Zeiten gezwängt, begrüßte der offensichtliche Kommandoführer meinen Chef.

„Das ist Dr. Manfred Kockeroll", stellte uns Dieter den Karnevalistenboss vor, „mein guter Freund aus gemeinsamen Studientagen in Köln."

Freundlich reichte uns Dieters guter Freund zum Gruß die Hand und wünschte uns einen unterhaltsamen Abend. Ich konnte ihm noch nicht einmal eine Frage zum zu eng um den Bauch geschnürten schwarzen Ledergürtel stellen, da hatte sich Kockeroll auch schon von uns abgewandt und den nächsten Besuchern freudestrahlend die Hände entgegengestreckt. Vermutlich hatte er mich in seiner Begrüßungsorgie gar nicht bemerkt.

„Welche Rolle spielt der denn hier?", fragte ich Dieter flüsternd, während wir uns auf die Suche nach dem uns zugewiesenen Tisch machten.

„Das ist der Sitzungspräsident, der jüngste, den es je in der Geschichte des PSV gegeben hat. Manfred macht das heute zum ersten Mal." Schulz pflanzte sich auf einem

Stuhl nieder und sah gelassen zu, wie ich galant unseren beiden Damen behilflich war.

Wir würden noch vier Tischnachbarn bekommen, was mir überhaupt nicht gefiel. Da waren dann bestimmt wieder so Typen dabei, die den Blick nicht mehr von den attraktiven Dekolletés meiner beiden Liebsten lassen würden. Der Abend schien wirklich zu misslingen, ärgerte ich mich schon, bevor er überhaupt begonnen hatte.

Es dauerte tatsächlich nicht lange, bis sich ein Quartett zu uns gesellte. Als Clowns kostümiert, bis zur Unkenntlichkeit grimassenmäßig geschminkt und mit dicken roten Knollennasen mitten im Gesicht grinsten die vier Typen uns frech und unhöflich an. Sie hatten eine große Tasche bei sich, aus der sie Luftschlangen holten, die sie ungefragt über den Tisch, in den Saal und über uns pusteten.

Mit lautem Trara und Tschingbum wurde das karnevalistische Spektakel eröffnet. Kockeroll marschierte unter den schmissigen Klängen einer lärmenden Kapelle und unter ständigen „Oche Alaaf!"-Rufen mit zehn Begleitern im Schlepptau durch den närrisch dekorierten Saal auf die Bühne und bezog Position in der Mitte einer erhöhten Sitzreihe auf einem Podium.

Kockeroll versprach alles Mögliche. Er begann bei guter Laune, begrüßte eine elend große Schar von Ehrengästen, ohne uns zu erwähnen, verhieß ein grandioses Programm mit Höhepunkten am laufenden Band und endete bei einem unvergesslichen Abend für jedermann.

Die Narrenschar im Saal glaubte dem Polizisten-Präses wohl, sie jubelte und applaudierte, was das Zeug hielt.

Auch wenn ich es meinen Begleitern niemals eingestehen würde, ich hatte durchaus meinen Spaß an den dann folgenden Darbietungen. Ob nun die Original Mennekrather, die Mundartgruppe Flax aus Hückelhoven, „Et Zweijestirn" aus Erkelenz oder „Et Sonneblömke" aus Wassenberg, die Auftritte reizten durchaus zum Schmunzeln, und ich erwischte mich sogar dabei, zwei- bis dreimal herzhaft zu lachen und vergnügt zu klatschen.

Nur einmal wurde meine durchaus heitere Grundstimmung getrübt, als ich ein Getränk bestellen sollte und auf meinen bescheidenen Wunsch nach einem Mineralwasser mit einem „Herrengedeck" konfrontiert wurde. „Ich will keine Drogen, weder Alkohol noch Nikotin", beharrte ich auf meinem Standpunkt, während mir die Bedienung unbedingt ein alkoholisches Getränk aufnötigen wollte.

Ich beendete die fruchtlose Diskussion mit einem „Dann eben gar nichts", was meine Umgebung wiederum mit Unverständnis quittierte und mir letztendlich doch das Mineralwasser einbrachte.

Mein Unmut über den Zwischenfall wurde noch größer, als mir Sabine zuraunte, bei Geulen gäbe es gar keinen Gedeckzwang. „Aber bei einer Sitzung gehört Alkohol dazu", ergänzte sie und prostete mir mit ihrem Weinglas schelmisch zu.

Schnell war das Thema abgehakt.

„Das Programm ist zwar schön und gut", flüsterte ich in einer kurzen Umbaupause Dieter zu, „aber kannst du mir vielleicht verraten, wo ich in Aachen Mennekrath, Hückelhoven oder Wassenberg finde?"

15

Das dürfe ich nicht so eng sehen, erhielt ich zur Antwort. Der Öcher Karneval wirke eben weit über die Grenzen der Stadt hinaus. „Es ist doch schön, dass es auch außerhalb von Aachen ausgezeichnete Karnevalisten gibt, die inzwischen gut genug sind, um bei uns aufzutreten." Schulz warf einen raschen Blick auf den Programmzettel. „Jetzt kommt aber ein echtes Öcher Original."

Mit einem dreifachen Tusch zog der Narrenchef auf der Bühne alle Aufmerksamkeit auf sich. „Und nun meine lieben Närrinnen und Narren, der absolute Höhepunkt vor unserer Pause. Erheben Sie sich von Ihren Plätzen", forderte er auf, „und begrüßen Sie mit mir Lennet Kann!" Ein Jubeln und Tosen, ein hundertfaches Schwenken von schwarz-gelben Papierfähnchen begann. Die Menschen waren von ihren Sitzen aufgesprungen und hüpften aufgeregt hin und her. Die Stimmung auf dem Tivoli nach einem der seltenen Siege der Alemannia konnte nicht besser sein. Und das alles wegen eines einzelnen spindeldürren, elend langen, ganz in schwarz gekleideten, alten Männleins mit einer ordensgeschmückten Brust und einem Gesicht, das von einem weißen Rauschebart verdeckt wurde.

„Hier ist er", brüllte der Oberpolizist begeistert und laut, um sich in der enthusiastischen Menge überhaupt bemerkbar machen zu können. „Hier ist er, unser Lennet Kann!"

Es hatte den Anschein, als wollten sich die Karnevalsfreunde überhaupt nicht mehr beruhigen. Sie begannen zu singen; ein Liedchen mit einer ungewöhnlichen Melodie und mit einem mir unverständlichen Text in Öcher Dialekt. Der staksende Riese auf der Bühne hatte erst erstaunt dem vielkehligen Gesang zugehört, hatte dann die Melodie aufgenommen und begonnen, sich zu drehen und zu hüpfen.

Das Orchester stimmte ein und mit einem Fingerzeig des Schwatten war es mucksmäuschenstill im proppenvollen Saal. Der Senior, bei dem die ständige Gefahr bestand, er könne in der Mitte durchbrechen, öffnete den Mund und sang, vielmehr versuchte er zu singen. Aber das tat der Qualität seines Auftritts keinen Abbruch.

Das Publikum hing wie gebannt an den Lippen des vergreisten Derwischs und wartete nur auf sein Zeichen. Sofort fielen alle in den Refrain des Liedchens ein, den der PSV vorsorglich als Hilfestellung für Nicht-Öcher auf die Rückseite des Hinweisblattes abgedruckt hatte. „Ja, das ist Lennet, ja das ist Lennet Ka-a-a-an, ja das ist Lennet, von Oche der schönste Mann."

Und weil's so schön war, gab's dasselbe noch einmal von vorne, noch lauter, noch schöner, noch begeisterter. „Ja, das ist Lennet, ja, das ist Lennet Ka-a-a-an, ja das ist Lennet, von Oche der schönste Mann."

Der Saal tobte, der ungelenke Riese auf der Bühne konnte tun und lassen, was er wollte, die Blicke hingen an ihm, die Ohren nahmen jeden Ton auf, den er sang, ob nun bei seiner Hymne, oder beim Liedchen von Mathilde, Franz und der zerknüllten Bluse, bei dem das Publikum auch noch schunkelte.

Man war verzaubert, ganz in den Bann dieses Mannes geschlagen, dem Reiz von Lennet Kann erlegen.

Kockeroll hatte nicht übertrieben. Dieser Auftritt war tatsächlich der Höhepunkt der bisherigen Sitzung gewesen. Das Publikum hatte sich die viertelstündige Unterbrechung verdient, als Lennet Kann nach langanhaltendem Beifall, Jubelrufen, Raketen und dem dreifachen „Oche Alaaf!" die Bühne verlassen hatte.

Mit glänzenden Augen, ganz der Wirklichkeit entrückt, erhoben sich die Menschen und drängelten sich in der Pause ins Foyer. Besonders eilig schienen es dabei die vier Clowns zu haben, die bei uns am Tisch saßen und uns unverschämt anrempelten, als sie hinausdrängten. Ich verstand zwar die Begeisterung der Narren nicht, war aber fasziniert von dem Einfluss, den die Figur auf der Bühne auf die Menschen ausüben konnte.

Strahlend quetschte sich Kockeroll durch die Menge auf Dieter zu. „Na, habe ich dir zu viel versprochen? Der Lennet Kann ist einfach unbezahlbar."

Sofort kam meine Zwischenfrage, ob denn der Narr da oben ohne Gage aufgetreten wäre, was mir einen bitterbösen Blick meines Chefs einbrachte.

Kockeroll erachtete meine Frage wohl als zu dämlich, um darauf überhaupt zu antworten. Er wünschte Dieter noch viel Spaß bei der weiteren Sitzung, warf den beiden Schönheiten an unserer Seite ein viel sagendes Augenzwinkern zu und achtete nicht auf mich, ehe er sich wieder durch die Besucherschar tanzte.

„Das ist ja wohl der letzte Schnösel", bemerkte ich zu Dieter. „Was sind das bloß für Freunde, mit denen du dich abgibst?"

„Du bist auch so einer", antwortete statt Dieter seine bessere Hälfte. Und darauf fiel mir nichts mehr ein.

Aber nicht nur ich verstummte für einen Moment. Mit einem dumpfen Knall wurde es stockfinster im Saaltheater. Nach einer Schrecksekunde fingen einige Frauen an zu kreischen. Ich wurde unsanft angestoßen und suchte tastend Sabine, um sie in der Finsternis festzuhalten. Ein Aufschrei ging durch die Masse, offensichtlich hatte es einen Schuss gegeben. Ein zweiter Schuss folgte und der laute Ruf nach Ruhe.

„Jeder bleibt an dem Platz, an dem er gerade steht!", dröhnte es aus einem Megaphon. „In wenigen Minuten ist alles vorbei. Dann sind die Sicherungen wieder eingedreht."

Beklemmend still wurde es. Ich glaubte, einen dritten Schuss gehört zu haben, wahrscheinlich draußen vor dem Saal.

Endlich wurde es wieder hell. Kockeroll betrat scheinbar ruhig und gelassen die Bühne und sprach ins Mikrofon. Es habe einen Kurzschluss gegeben, behauptete er. Das Knallen sei nicht weiter dramatisch gewesen, das sei eine Folge der Versuche gewesen, die Sicherungen wieder einzuschalten.

Die Karnevalsfreunde steckten die unerwartet lange Unterbrechung offenbar gleichgültig weg. Sie erfreuten sich am Programm. Jetzt hielt die Sitzung tatsächlich das, was Kockeroll versprochen hatte. Lediglich die vier Clowns von unserem Tisch, die waren gegangen, die hatten offensichtlich die Pappnasen voll und verzichteten auf die weitere lustige Unterhaltung. Es gab Öcher Karneval pur. Die drei Domspatzen, die Atömchen, Heini Mercks, Dr. Jürgen Linden, Die Doof Nuss und wie sie noch alle hießen einschließlich des von Kockeroll als die Neuentdeckung der Session gepriesenen Mullefluppet nahmen sich und die Aachener so richtig auf den Arm.

Was mich dabei am meisten wunderte, dass die Aachener auch noch darüber lachen konnten. Diese Selbsteinschätzung hätte ich ihnen beileibe nicht zugetraut.

Nur der Polizisten-Boss auf der Bühne, der gefiel mir von Ansage zu Ansage weniger. Er wurde immer unruhiger und nervöser, verhaspelte sich ab und an und diskutierte während der närrischen Auftritte heftig mit seinen Nachbarn im Elferrat.

„Der ist im Stress", entschuldigte Dieter Kockerolls ungewöhnliches Verhalten. „Das ist gar nicht so einfach, so eine Sitzung zu leiten."

Kockeroll schien froh, als er das Spektakel kurz nach Mitternacht beenden konnte. Er konnte gar nicht schnell genug von der Bühne verschwinden. Diesen Eindruck hatte ich jedenfalls, während die Menge um mich herum begeistert umher tollte. Mit einer Einladung zum Tanzball in den Räumen des Saaltheaters machte Kockeroll mit seinen Elferratsmitgliedern die Bühne frei.

Mit der Aufforderung zum Tanz hatte Kockeroll das richtige Kommando gegeben; jedenfalls für Do, die ihren bedauernswerten Gemahl sofort aufs Parkett schleppte.

„Ich weiß, das ist nichts für dich, Tobias", beseitigte Sabine sofort meine Befürchtungen. „Du brauchst nicht zu tanzen", sagte sie mir besänftigend und nahm gerne und grinsend die Aufforderung eines befrackten Lackaffen an, der sich mit ihr auf die Tanzfläche wagte.

Ziemlich müde und mit dem Ohrwurm von Lennet Kann im Kopf hockte ich mich an einen Tisch und betrachtete das ausgelassene Treiben. Das war nicht meine Welt. Ich wollte meine Ruhe, meine bescheidenen vier Wände, einen Block und einen Stift. Das reichte mir zu meinem Glück. Und vielleicht noch Sabine.

Ab und zu gab es sogar jemand, der meine Schreibversuche veröffentlichte und mir ein bescheidenes Honorar fast schon verschämt auf mein Konto überwies. Auch diese Verdienstquelle hatte ich Dieter zu verdanken, der damals, wohl auch aus Eigennutz, einen Verleger für meine Geschichten gesucht und gefunden hatte. Das Schreiben war mein Hobby geblieben und zugleich ein Ventil, um den Verdruss des privaten und beruflichen Alltags abzulassen. ‚Vielleicht mache ich ja einmal eine Geschichte über Lennet Kann', dachte ich mir.

Ich beobachtete, wie Do mit Dieter und Kockeroll an meinen Tisch kam. Sie setzen sich und Dieter forderte seinen Studienfreund auf, zu berichten.

Doch Kockeroll zögerte. Mit einem skeptischen Blick sah er in meine Richtung. Es war wohl das erste Mal, dass er mich bewusst registriert hatte.

„Das ist Tobias Grundler", stellte Dieter mich noch einmal vor. „Was du mir sagst, kannst du auch ihm sagen. Er ist mein Bürovorsteher, und, was noch wichtiger ist, er ist mein bester Freund."

Kockeroll blieb unschlüssig.

21

Do lächelte ihn auffordernd an. Tobias ist in Ordnung, wollte sie dem PSV-Präsidenten damit sagen.

„Also gut." Endlich rückte der Schwarz-Gürtel-Träger mit der Sprache heraus. „Lennet Kann ist verschwunden. Inzwischen vermute ich, dass er entführt worden ist. Nach dem Auftritt bei uns sollte er zu einer Sitzung nach Laurensberg fahren. Aber dort ist er nicht angekommen. Er ist spurlos verschwunden." Kockeroll schüttelte verständnislos seinen Kopf.

„Deshalb sind Sie so nervös, Herr Doktor Kockeroll?" Ich musste Kreide gefressen haben, so höflich und zuvorkommend war ich höchst selten.

Aber Kockeroll war offensichtlich meine Höflichkeit nicht wert. Er beachtete mich nicht und blickte unsicher zu Dieter, der seufzte: „Fragen, die mein Freund Tobias stellt, sind Fragen, die ich stelle, und umgekehrt. Hast du das verstanden, Doc?"

Doc hatte verstanden und er wandte sich mir zu. „Sie müssen wissen, dass wir die Verantwortung hatten."

Das wiederum verstanden weder Dieter noch ich.

Doch klärte uns der Doc auf. „Normalerweise ist es bei den Künstlern üblich, dass sie auf eigene Rechnung von einem Auftritt zum anderen fahren. Bei unserem Lennet Kann allerdings haben wir uns als Veranstalter verpflichtet, dass er zum nächsten Termin transportiert wird. Der Mann ist nicht mehr der Jüngste und der Transport gehört mit zum Vertrag. Erst wenn wir ihn quasi übergeben haben, erlischt unsere Verantwortung. Dann ist der Nächste dran."

„Aha", folgerte ich, „dann hatten Sie also in gewisser Weise eine Bringschuld für Lennet Kann?"

„Ja", bestätigte Kockeroll. „Wir hatten für Lennet Kann ein Taxi bestellt, das nach dem Auftritt auf der Von-Coels-Straße vor dem Eingang wartete. Aber Lennet Kann ist nicht eingestiegen. Der Fahrer ist mit seinem leeren Taxi zu seiner Zentrale zurückgefahren."

„Dann haben Sie also mit dem Taxifahrer gesprochen?", fragte ich.

„Nein", antwortete Kockeroll. „Wir haben nur einen Anruf aus Laurensberg von der dortigen Sitzung bekommen, dass man Lennet Kann vermisst."

„Hat sich denn der Taxifahrer nicht bei Ihnen gemeldet, als Lennet Kann nicht kam?"

Der Sitzungspräsident zuckte verlegen mit den Schultern. „Der hat seine Zeit gewartet und sich dann einen anderen Fahrgast genommen. Wahrscheinlich bekommen wir jetzt noch eine Rechnung über die vergebliche Wartezeit."

„Welche Konsequenzen hat das Verschwinden von Lennet Kann denn für euch?", meldete sich Schulz zu Wort.

„Schadensersatz, Imageverlust. Da kann ein ganzer Rattenschwanz auf uns zukommen", erwiderte Kockeroll, der Dieter offen ins Gesicht sah. „Aber das ist eigentlich sekundär. Lennet Kann ist verschwunden und ich befürchte, es ist ihm etwas passiert."

„Haben Sie die Polizei eingeschaltet?", fragte ich.

„Noch nicht", bekannte Kockeroll. „Das werden wir aber als nächstes tun. Das mit der Entführung, das ist mir erst später bewusst geworden. Es hat ja auch Schüsse gege-

23

ben. Ein Kellner hat einen Streifschuss abbekommen, als er hinter Lennet Kann hinterher wollte, der von Clowns begleitet zum Ausgang ging. So ist es mir jedenfalls zugetragen worden. "

‚Und so schien es auch zu sein', dachte ich mir, ohne es laut zu sagen.

Geschäfte

Selbst auf die Gefahr hin, von meinem Chef als dummer Junge abgestempelt zu werden, diese Frage musste ich ihm einfach stellen: „Wer ist eigentlich dieser ominöse Lennet Kann?"

Das schiere Unverständnis schaute aus seinen Augen, als Dieter mir antwortete. „Man merkt, du kommst nicht von hier. Du bist halt einer vom Lande."

Das sollte beileibe keine Entschuldigung sein, das war vielmehr der unverhohlene Vorwurf, nicht zur Kaste der Kaiserstädter zu gehören, und damit in Aachen nur geduldet, aber nicht als gleichwertig anerkannt zu werden.

„Also", fuhr Schulz belehrend fort, „Lennet Kann war ein Öcher Original, so um die Jahrhundertwende. Im Prinzip war er ein armes Schwein, das sich durch Bettelei und kleine Gefälligkeiten mehr schlecht als recht über Wasser hielt. Ein lieber Kerl, der zu gut war für das Leben. Lennet Kann lief tagaus, tagein in seiner schwarzen Kleidung und mit seiner Ordenssammlung geschmückt durch Aachen und vornehmlich durch die Kneipen und hat versucht, über die Runden zu kommen."

„Ein Penner und Nichtsnutz also", schloss ich aus dieser Beschreibung und zum Verdruss meines Freundes, der vehement widersprach.

„Kein Penner und Nichtsnutz", sagte er mit einem Funkeln in den Augen, „viel mehr ein Menschenfreund und vielleicht auch ein bedauernswerter Hansel." Aus dieser Mischung sei dann das Lied vom Lennet Kann entstanden, das den Ruf des Originals bis in die heutige Zeit gefestigt habe. „Vor einigen Jahren ist dann die Figur wieder im Karneval aufgelebt. Dirk von Pezold und Peter Bong beispielsweise sind als Lennet Kann von Sitzung zu Sitzung getingelt und hatten riesige Erfolge. Nachdem sie nun ihre aktive Karnevalistenlaufbahn beendet haben, gibt es jetzt vier oder fünf Interpreten, die sich das Erbe von Lennet Kann teilen."

„Und einer dieser vier oder fünf ist beim PSV aufgetreten und nach seinem Auftritt spurlos verschwunden?", fragte ich klarstellend.

„So ist es", bestätigte Dieter. „Er ist verschwunden und bis heute nicht mehr aufgetaucht."

Mittlerweile waren schon drei Tage seit der Karnevalssitzung vergangen, und von Lennet Kann gab es immer noch keine Spur.

„Bei der Polizei ist kein Unfall gemeldet, bei den Krankenhäusern ist unser Freund nicht eingeliefert worden." Dieter seufzte. Ihm bereitete das Verschwinden des Mannes tatsächlich Sorgen.

25

„Haben denn die Verwandten oder Bekannten keine Vermisstenanzeige aufgegeben?"

„Wer sollte das tun? Dieser Lennet Kann lebte allein und zurückgezogen in einer kleinen Wohnung an der Pontstraße." Dieter lächelte melancholisch. „Der war genauso allein und einsam wie der echte."

„Dann gebe ich eben eine Vermisstenanzeige auf", entschied ich. Es konnte doch nicht angehen, dass ein Mensch verschwand und sich niemand darum kümmerte.

„Das ist edel und gut, mein Freund, und der erste Schritt bei deiner neuen Aufgabe", lobte mich Dieter, was mich sofort hellhörig machte. Was hatte der Kerl jetzt schon wieder ausgeheckt?

Bereitwillig klärte mein Chef mich auf. „Kockeroll hat mich beauftragt, die Interessen des PSV in dieser Angelegenheit zu vertreten. Die ersten Karnevalsgesellschaften fordern schon Geld als Ersatz für den geplatzten Auftritt. Und es könnten vielleicht noch mehr Forderungen werden, wenn bis zum Wochenende unser Lennet Kann nicht wieder unter uns weilt. Der hatte immerhin fünf Auftritte pro Tag oder rund zwanzig in jeder Woche der Session."

„Und was hat der bekommen pro Auftritt?" Ich war neugierig, aber diese Neugier stand mir ja wohl zu.

„Zwischen fünfhundert und eintausendfünfhundert Mark", antwortete Schulz, „je nachdem, wie viele Lieder er geträllert hat und wie groß die Gesellschaft ist."

„Da kommt ja richtig Geld zusammen", staunte ich. Fünf Wochen Karneval mit jeweils zwanzig Auftritten und dabei jedes Mal durchschnittlich tausend Mark. Das war schon 'was, dachte ich mir.

Ob diese Rechnung richtig war, ließ Dieter offen. „Es geht hier nicht ums Geld, es geht um den Mann. Tobias, finde Lennet Kann, damit er uns erklären kann, was tatsächlich passiert ist!"

Das sind die Aufträge, die ich liebe. Keine Anhaltspunkte, keine Zeugen, nur der Befehl meines Chefs: Finde Lennet Kann!

Als ob ich nichts Wichtigeres zu tun hätte in unserer Kanzlei. Sabines Scheidung etwa hatte für mich einen wesentlich höheren Stellenwert als dieser verschwundene Karnevalist. Die ging mir schon aus persönlichen Gründen näher. Ich mochte meine Sekretärin und ich mochte es nicht, wenn ihr jemand Leid zufügte.

Verheiratet zu sein, und dann doch nicht als Ehepaar zu leben, diese Situation hatte ich selbst miterlebt und sie hatte mir den Glauben an die Ehe genommen. Dieter und Do waren in meinen Augen eine beneidenswerte Ausnahme.

Mein Anliegen, bei der Polizei eine Vermisstenmeldung aufzugeben, scheiterte schon an der ersten Frage: „Wie heißt denn der Vermisste?", wollte der höfliche Ordnungshüter von mir wissen.

„Lennet Kann", antwortete ich.

„Der ist doch längst tot", kam die prompte Reaktion.

„Ich meine selbstverständlich den Mann, der diese Figur im Karneval verkörpert", erläuterte ich geduldig.

„Und wie heißt der mit bürgerlichem Namen?" Der höfliche Polizist sah mich fragend an.

Da stand ich da in meinem kurzen Hemdchen. „Keine Ahnung", gab ich zu. „Ich kenne ihn nur als Lennet Kann."
Immer noch höflich, versicherte mir der Polizist, man werde nach Lennet Kann die Augen offen halten und gezielt mit einer Suche nach der Person beginnen, wenn ich den Namen beibringen würde.

Zu meiner Erleichterung war mein Chef auch nicht schlauer als ich. Er empfahl mir, Kockeroll in dessen Dienststelle anzurufen.

Der Anruf war rasch erledigt und der tatsächliche Name des gebürtigen Aacheners an die Polizei weitergegeben.

Nur wenige Minuten später erhielt ich den Rückruf aus der Soers. „Eines ist sicher, Herr Grundler", berichtete mir mein Lieblingspolizist, „gestorben ist Ihr Lennet Kann nicht. Beim Standesamt ist er jedenfalls nicht als Abgang registriert."

„Und zu Hause?"

„Ist er auch nicht. Anscheinend ist er seit Freitag nicht mehr daheim gewesen. Aus seinem Briefkasten guckten die Tageszeitungen von Samstag und Montag."

„Vielleicht ist er ja bei Freunden", machte ich mir Hoffnung, die mein Polizistenfreund unterstützte.

„Aus meiner Erfahrung ist dies jedenfalls wahrscheinlicher, als dass er irgendwo tot und unentdeckt in der Landschaft herumliegt." Wahrscheinlich sei er versackt und schäme sich jetzt. „Ganz wie der echte Lennet Kann."

Die Geschichte verlief vollkommen unbefriedigend für mich. Ich konnte es einfach nicht leiden, wenn ich keine Ergebnisse vorweisen konnte.

Wo war der verfluchte Kerl? Wo war Lennet Kann?

„Wo ist Lennet Kann?" So lautete am nächsten Tag die gleich lautende Schlagzeile der Aachener Zeitung und der Aachener Nachrichten. Gegen den ausdrücklichen Willen des PSV-Führers und unter Missbilligung meines Chefs hatte ich die Lokalredaktionen von AZ und AN angerufen und sie über das Verschwinden von Lennet Kann informiert.

„Was spricht denn dagegen, das geheimnisvolle Abtauchen eines so beliebten Karnevalisten publik zu machen?", hatte ich Dieter entgegenhalten, der gegen meinen Schritt an die Öffentlichkeit entschieden protestiert hatte. Es sei nicht gut fürs Geschäft, hatte er allen Ernstes argumentiert; dabei trat er doch selbst oft genug jemandem empfindlich auf die Füße. Wer beim Prozess verliert, schiebt die Schuld dafür immer auf den eigenen oder den anderen Anwalt. Und wir waren in aller Regel der andere Anwalt. Wir sollten uns um unseren vermeintlich guten Ruf überhaupt nicht scheren.

„Wir haben ein Mandat und wir werden es erfüllen", hatte ich Dieter entschlossen gesagt, „dann soll Kockeroll uns doch das Mandat entziehen, wenn ihm meine Arbeitsweise partout nicht gefällt." Dieses Risiko würde ich gerne eingehen.

Mein angeblich westfälischer Dickschädel, den ich von meinem Vater geerbt hatte, setzte sich wie von mir erwartet durch.

In den Lokalredaktionen war man hellauf begeistert von der Geschichte.

„Das ist der Stoff, den unsere Leser wollen", hatte sich ein AZ-Reporter gefreut. Ich solle ihn unbedingt auf dem Laufenden halten, wenn es etwas Neues gebe.

„Wo ist Lennet Kann?" Der Artikel in der AZ gefiel mir. Die Tageszeitung hatte sogar noch ein Bild zur Illustration beigefügt, das den Vermissten bei seinem PSV-Auftritt bei Geulen zeigte. „Sein letzter Auftritt", hieß es in dem Bildtext, „danach ist er spurlos verschwunden." Wer Hinweise zum Verschwinden des Originals machen könne, solle sich mit der Lokalredaktion in Verbindung setzen. Der Schreiberling hatte offenbar gute Informanten und ausgezeichnet recherchiert, denn er hatte von dem vermeintlichen Kurzschluss und den angeblichen Schüssen erfahren und gab diese Informationen gerne an seine Leser weiter.

Der Bericht war mir durchaus recht. Garantiert würden etliche Öcher zum Hörer greifen und alle möglichen Orte nennen, wo sie meinen Lennet Kann zum letzten Mal gesehen hatten.

„Da können sich ruhig die Zeitungen drum kümmern", sagte ich zufrieden zu Dieter, dem das Vorgehen nicht behagte. „Es ist doch wohl besser, wenn deren Telefonanlage überlastet wird als unsere." Ich grinste ihn frech an. „Ich habe von dir die Aufgabe gestellt bekommen, Lennet Kann zu finden. Über das *Wie* hast du mir nichts gesagt."

Schulterzuckend verließ Dieter in dem Moment das Büro, in dem Sabine verunsichert eintrat. „Wusstest du, dass wir beide ein sexuelles Verhältnis miteinander haben und gemeinsam eine Wohnung bewohnen?" Sie hielt mir einen Brief hin.

Ich wusste es nicht. Aber ich konnte es mir gut vorstellen, dachte ich mir und las das Schreiben durch, das ein Kollege von Schulz im Namen von Sabines Macker geschrieben hatte.

„Was soll das?", fragte sie mich, während sie sich auf die Lehne meines Sessels hockte und die Arme eng um mich schlang.

„Der will nur zeigen, dass du ein Luder bist und nicht viel von der ehelichen Gemeinschaft hältst, die ihm so am Herzen liegt. Das ist doch sonnenklar. Der will gerne mit dir zusammen wohnen", erklärte ich ihr.

„Aber das stimmt doch nicht", ereiferte sich meine liebe Sekretärin.

„Aber er sagt es. Er will die eheliche Gemeinschaft aufrechterhalten und keine Scheidung, behauptet er jedenfalls."

„Was bedeutet das?" Sie runzelte ihre schöne Stirn.

„Warten, meine Holde, Trennungszeit einhalten und zugleich gegenseitige Unterstützung, solange nichts anderes ausdrücklich erklärt ist." Ich sah Sabine in die tiefen, blauen Augen. „Hast du mittlerweile wenigstens das gemeinsame Konto getrennt?"

Sie verneinte verlegen. Ich hätte es mir denken können und scheuchte sie sofort los zur Bank, ein eigenes Konto einzurichten, auf das ich ab sofort ihr Gehalt überweisen würde. Manchmal verstand ich Sabine nicht. Da ließ sich ihr Macker im Prinzip von ihr aushalten, machte auf arbeitslos und zwackte obendrein noch Geld von ihr ab,

und sie ließ es sich in ihrer geduldigen, großen Herzens-
güte gefallen.

Bevor ich mich so richtig in Rage denken konnte, bremste
mich das Telefon. Unser Rezeptionsdrachen, Fräulein
Schmitz, verband mich mit Kockeroll.

„Sitzen Sie gut, Herr Grundler?", fragte er, ohne zuvor zu
grüßen,

Ich konnte nicht klagen, mein lederner Schreibtischsessel
war äußerst bequem.

„Ich habe gerade einen Briefumschlag bekommen", fuhr
er hastig fort, „unfrankiert und ohne Absender ist er im
Briefkasten des Rathauses eingeworfen worden."

‚Warum machte Kockeroll es bloß so umständlich?',
dachte ich seufzend. Bevor der Typ zur Sache kam, hätte
ich mich schon am Bericht in der Zeitung über die letzte
Schlappe der Alemannia bei einem Freundschaftsspiel in
Verlautenheide erfreuen können.

„In dem Umschlag steckte ein Din-A-vier-Blatt", langweil-
te er mich weiter.

„Und darauf war ein Weihnachtsmann gemalt, der sich
für die verspäteten Grüße zum Fest entschuldigt", fiel ich
ihm unhöflich ins Wort.

Endlich kapierte Kockeroll. „Lennet Kann ist entführt
worden", sagte er. „Man verlangt eine Viertelmillion
Mark Lösegeld. Ich soll einen Verbindungsmann als Ansprechpartner suchen und keinesfalls die Polizei einschalten."

Trotz aller menschlichen Dramatik, die sich hier offenbarte, konnte ich zufrieden sein mit dieser Mitteilung.
Schließlich hatten wir damit unseren Auftrag erfüllt. Den

PSV traf kein Verschulden an den nachfolgenden, versäumten Auftritten von Lennet Kann und brauchte keine Ersatzansprüche befriedigen. Der Fall war für mich damit erledigt, meinte ich lakonisch.

„Das kann einfach nicht Ihr Ernst sein, Herr Grundler", sagte Kockeroll entsetzt. „Wir müssen doch etwas tun."

„Was denn?", fragte ich provozierend. Ich ahnte schon, wohin die Sache steuern würde.

Kockeroll war wohl doch gewitzter, als ich zunächst vermutet hatte. Darüber werde er später vielleicht mit mir sprechen, zunächst solle ich ihn mit meinem Chef verbinden, sagte er nur.

Den Umweg und die zusätzlichen Telefongebühren auf Kosten der Steuerzahler hätte sich Kockeroll sparen können. Wenn er mich höflich gefragt hätte, wäre ich wahrscheinlich bei unseren deftigen Honorarsätzen gerne bereit gewesen, in dem Erpressungsfall mitzuarbeiten. Aber Kockeroll hatte es vorgezogen, erst unbedingt mit meinem Chef über unsere Tätigkeit zu sprechen und den Auftrag zu erteilen.

Mit einem energischen „Wir machen es!", gab mir wenige Minuten später Dieter das Gespräch zurück. Für die Auftragsannahme in dieser, unserer Kanzlei sei immer noch ich zuständig, hielt ich vergebens dagegen.

Mein Chef erachtete es noch nicht einmal für angebracht, mir auf diese Bemerkung zu antworten.

Zwangsläufig verabredete ich mich mit Kockeroll für den Abend beim Griechen, fast vor meiner Wohnungstür am Templergraben. Er würde mich sicherlich auf Anhieb erkennen.

„Kein Problem", bestätige Kockeroll schnell, „Sweatshirt und Jeans."

Die ungezwungene Atmosphäre in dem gemütlichen Lokal schien dem promovierten Volljuristen nicht unbedingt zu behagen. Wahrscheinlich war Kockeroll als Stubenhocker und Paragraphenreiter der Studentenwelt schon zu sehr entrückt.
Ich hatte ihn sofort wiedererkannt, obwohl er in Zivil war. Offensichtlich hatte er die markante Angewohnheit, immer die Gürtel zu eng um den prallen Bauch zu schnallen. Mit einiger Skepsis setze er sich zu mir an einen derben Holztisch. Dennoch konnte Kockeroll sich nicht dazu durchringen, mir einen Lokalwechsel vorzuschlagen.
„Hier." Kockeroll übergab mir den Briefumschlag, den ich rasch öffnete. Auf eventuelle Fingerabdrücke Rücksicht zu nehmen, hielt ich für überflüssig; wahrscheinlich hatten schon zu viele Unbeteiligte an dem ominösen Papier herumgegrapscht. So wunderte ich mich auch keinesfalls, dass das Blatt Papier mit einem ordnungsgemäßen Eingangsstempel der Stadtverwaltung versehen war.
Aus verschieden großen Buchstaben, die offensichtlich aus verschiedenen Zeitungen ausgeschnitten waren, war das Anliegen zusammengepuzzelt worden, was uns die Absender deutlich machen wollten.
„Wir haben Lennet Kann entführt. Das Lösegeld beträgt zweihundertfünfzigtausend Mark. Dr. Kockeroll, nennen Sie uns auf unseren Anruf hin einen Vermittler. Informieren Sie auf keinen Fall die Polizei!", stand dort orthographisch richtig in kunterbunten Buchstaben aufgeklebt.

„Das ist eindeutig", meinte ich und gab ihm das Blatt zurück. „Oder?" Ich hatte Kockerolls zweifelnden Blick durchaus bemerkt.

„Wer sagt mir denn, dass das kein Trittbrettfahrer ist?", fragte er und sah mich verärgert an, „nach dem Artikel heute Morgen in den Zeitungen?"

Ich schwieg zunächst und beobachtete den Kellner, der mir meinen Gyrosteller servierte. „Ich glaube es nicht", hielt ich Kockeroll schließlich als schwaches Argument dagegen, „aber es wird sich ja erweisen."

Kockeroll nippte kurz an seinem Bier und sah mich bestimmend an. „Sie werden es schon herausfinden. Denn Sie werden der Mittelsmann sein, Herr Grundler!"

Er konnte mich mit dieser Bemerkung überhaupt nicht schocken. Ich hatte es mir schon gedacht. Es ging jetzt nur noch darum, die Position so weit wie möglich zu festigen „Ich denke gar nicht daran", wehrte ich mich.

„Sie machen den Job, das ist mit Dr. Schulz abgeklärt", erwiderte Kockeroll streng und Widerspruch ausschließend.

Scheinbar gab ich klein bei. „Aber nur, wenn ich absolute Vollmachten habe." Ich hatte keine Lust, für die kleinste Kleinigkeit Rechenschaft ablegen zu müssen. „Entweder arbeite ich so, wie ich es will, oder ich trete in den Streik!" Demonstrativ lehnte ich mich in den Stuhl zurück und verschränkte die Arme vor der Brust.

„Aber das ist doch schon längst alles abgeklärt", sagte Kockeroll selbstzufrieden. „Ich weiß gar nicht, was Sie haben."

„Ich habe beispielsweise keine Unterlagen", erläuterte ich. „Ich habe nichts und möchte Sie deshalb bitten, mir den Brief zu geben." Jetzt war es an mir, spöttisch zu grinsen. „Sie brauchen ihn ja nicht mehr und bei mir ist er in besten Händen."

Kockeroll zögerte für einen Moment, doch dann schob er mir den Brief samt Umschlag über den Tisch. Verständlicherweise habe niemand darauf geachtet, als dieses Schreiben von irgendjemandem in den Rathaus-Briefkasten geworfen worden sei, erklärte er mir. Tagtäglich würden zuhauf derartige Umschläge abgeliefert. Obendrein sei der Briefkasten nicht direkt von der Pförtnerloge einsehbar.

Mich wunderte, dass der oder die vermeintlichen Entführer und Erpresser den Brief direkt Kockeroll in die Hände gespielt hatten. Aber ich behielt diese Verwunderung für mich.

„Soll ich denn die Polizei einschalten oder nicht?", fragte mich Kockeroll.

Ich schaute ihn erbost an. „Sie tun überhaupt nichts, Herr Kockeroll! Wenn einer tätig wird, dann bin ich es, kapiert?"

Das Schlucken fiel Kockeroll schwer, aber er kapierte.

„Ich werde die Polizei selbstverständlich dann einschalten, wenn sich herausstellen sollte, dass die Entführung und die Erpressung echt sein sollten", fuhr ich fort. „Solange das nicht geklärt ist, bleiben wir zunächst einmal stumm." Vielleicht würden sich die Unbekannten ja auch nicht mehr melden, meinte ich.

„Und wenn doch?"

„Dann geben Sie ihnen meine private Telefonnummer." Auf einem Bierdeckel kritzelte ich die Zahlen. „Die können mich dann anrufen. Manchmal bin ich tatsächlich auch zu Hause", sagte ich. „So." Ich reckte mich und gähnte. „Das wär's für heute."

„Was wollen Sie denn jetzt tun?", fragte Kockeroll unsicher, während er nach dem Kellner schaute.

„Nichts", antwortete ich ehrlich und winkte zum Eingang. „Ich mache jetzt Feierabend."

Sabine stand an der Tür und hatte mich entdeckt.

Erfreulicherweise zog es Kockeroll vor, sich von mir zu verabschieden.

Auch Sabine und ich blieben nicht mehr lange im Knossos. Wir gingen auf meine Bude und verbrachten zwei unbeschwerte Stunden, die durch das lärmende Telefon beendet wurden.

Kockeroll war am Apparat. „Die Entführer haben sich bei mir gemeldet. Ich habe ihnen gesagt, dass Sie ab sofort der Ansprechpartner sind und ihnen Ihre Telefonnummer gegeben.

Das habe er brav gemacht, lobte ich Kockeroll, der wohl glaubte, ich nehme ihn und die Angelegenheit nicht besonders wichtig oder nicht ernst genug.

Sabine hatte das Schreiben der vermeintlichen Entführer gegen das Licht gehalten. „Das ist aber interessant", sagte sie mir.

„Was denn?"

Sie zeigte auf einen ungewöhnlich großen, hellen Buchstaben. „Dahinter kannst du seitenverkehrt ein Datum erkennen."

Jetzt sah ich es auch, während ich Sabine über die Schulter schaute und dabei ihr Parfüm genoss. Der Buchstabe war aus einer Zeitung vom vergangenen Donnerstag ausgeschnitten worden.

„Das ist wirklich interessant", pflichtete ich meiner schönen Sekretärin bei.

Wir sahen uns an und mussten lachen. Wir waren sehr gerne zusammen.

Am nächsten Morgen besorgte ich zunächst einen Kassettenrecorder, um die eventuellen Gespräche mit den Ganoven mitschneiden zu können. Sabine hatte von mir den Auftrag bekommen, mehrere Kopien des Schreibens anzufertigen und anschließend die Buchstaben von dem Original zu lösen. Vielleicht fanden sich ja noch weitere Hinweise auf den Rückseiten.

Schulz drängte energisch darauf, die Polizei zu verständigen: „Wir vertuschen vielleicht noch eine Straftat", befürchtete er. So ganz von der Hand zu weisen war diese Befürchtung sicherlich nicht, andererseits, so argumentierte ich, gefährdeten wir das Leben von Lennet Kann, wenn der Brief öffentlich würde.

„Oder wir verschrecken die Entführer so sehr, dass sie Lennet Kann auf der Stelle freilassen", wollte mein Chef unbedingt das letzte Wort haben.

Wie immer bei diesen zweifelhaften Angelegenheiten, gab der Klügere von uns beiden nach. „Okay, ich rufe die

Polizei an, und die soll dann entscheiden, wie wir weiter verfahren sollen", schlug ich vor.

Meine Freunde für Sicherheit und Ordnung glaubten mir nicht so recht, als ich sie einweihte. Sie hielten die Entführung von Lennet Kann für einen verfrühten Rosenmontagsscherz. Man habe mit dem Karnevalisten schon Scherereien genug, blökte mich ein Kommissar unhöflich an. „Wegen der dämlichen Sitzung im Eurogress können wir wieder Überstunden schieben."

Mir war zwar nicht genau klar, welche der vielen Sitzungen er meinte, aber ich wollte ihn nicht unnötig aufregen. „Meinetwegen brauchen Sie überhaupt nicht mehr zu arbeiten", versuchte ich den Polizisten zu beruhigen. „Verraten Sie mir nur, was ich tun soll."

„Kommen Sie vorbei, bringen Sie den Brief mit und halten uns über alle zukünftigen Dinge auf dem Laufenden", leierte der Kommissar monoton sein Sprüchlein herunter. „Wenn Sie Anzeichen haben, dass es sich um eine ernsthafte Angelegenheit handelt, werden wir uns selbstverständlich in die Ermittlungen einschalten."

Ich musste mich verhört haben; so leichtfertig konnte man doch nicht mit dem Verschwinden von Lennet Kann umgehen, wenn ich mich schon höchstpersönlich darum kümmerte. Aber das kümmerte wiederum meinen Ordnungshüter wohl überhaupt nicht. Ich brachte meine Vermisstenanzeige ins Gespräch, woraufhin mein Gegenpart fast schon erleichtert aufatmete. Dafür sei er nicht zuständig, betonte er und vermittelte mich an die aus seiner Sicht richtige Stelle.

Glücklicherweise traf ich wieder auf meinen höflichen Freund. „Die Anzeige können Sie getrost zu den Akten legen, der Vermisste ist wieder aufgetaucht", sagte ich ihm.

„Und wo war er?", zeigte der Mann durchaus Interesse.

„Wo er war, kann ich Ihnen nicht sagen", antwortete ich, „ich weiß aber, wo er ist. Er ist in der Hand von Erpressern, die ihn wohl entführt haben."

„Dann bin ich doch gar nicht mehr zuständig", folgerte der Polizist, „das ist wohl eine Straftat im Bereich der Schwerkriminalität."

Nur mit Mühe konnte ich ihn daran hindern, mich weiter zu verbinden. „Die nehmen mich nicht ernst", sagte ich bedauernd.

Er könne durchaus für seine Kollegen Verständnis aufbringen, meinte der Polizist. Es passiere mehrmals im Monat, dass Entführungen vorgetäuscht würden, um Geld zu erpressen. „Das ist in den meisten Fällen eine Familienangelegenheit."

Die läge in diesem Falle garantiert nicht vor, hielt ich ihm entgegen. Wie ich inzwischen herausgefunden hätte, sei Lennet Kann allein lebend und besitze keinerlei Verwandte mehr.

„Von wem wollen die Entführer dann Geld?", fragte der höfliche Mann verblüfft.

„Gute Frage", stellte ich lobend fest. „Darauf kann ich Ihnen beim besten Willen noch keine endgültige Antwort geben." Oder sollte etwa Kockeroll höchstpersönlich zur Kasse gebeten werden?

Das konnte ja heiter werden, dachte ich mir. Eine Geisel ohne Geld, eine Polizei mit Zweifeln, ein Entführer und Erpresser, der Briefe durch die Gegend kutschierte, statt die Post zu beauftragen. Wenig aufklärend war auch die Information, die mir später der AZ-Reporter zukommen ließ. Etliche Zeitungsleser hätten Lennet Kann überall und nirgends gesehen. Einer wollte sogar beobachtet haben, dass Lennet Kann am Freitagabend trampend an der Von-Coels-Straße gestanden habe.

„Gibt's sonst etwas Neues?", fragte mich der Reporter abschließend.

„Nein", sagte ich betont gelangweilt, „absolut nichts." Wenn es etwas für die AZ gibt, würde ich ihn sofort unterrichten, versicherte ich ihm. Vielleicht brauchte ich ja tatsächlich einmal seine Hilfe.

„Wissen Sie, was interessant ist?", fragte er mich weiter und gab mir auch die Antwort. „Kaum haben wir das Verschwinden von Lennet Kann gemeldet, sind die Gagen der anderen Darsteller gestiegen. Die haben noch ein paar Hunderter draufgelegt." Aber darüber würde er nichts schreiben. „Es gibt nichts Ernsteres als den Karneval. Da kann man sich als Journalist oder als Heimatzeitung verdammt schnell in die Nesseln setzten."

Kontakte

Der Anruf kam kurz nach Mitternacht. So überraschend und mich aus dem Schlaf reißend, dass ich automatisch zum Telefonhörer griff und versäumte, das Aufnahmegerät einzuschalten.

„Sie sind unser Ansprechpartner, Herr Grundler?", meldete sich fragend eine dunkle, klare Stimme, während Sabine leise ins Zimmer geschlichen kam und sich still an meine Seite setzte.

Sofort war ich hellwach. „Ja, natürlich."

„Gut", fuhr die Stimme in allerbestem Hochdeutsch mit leichtem Öcher Zungenschlag ruhig fort. „Sie hören mir zu und machen das, was ich Ihnen auftrage."

Über den höflichen, entgegenkommenden Tonfall war ich angenehm überrascht. In Gaunerkreisen wurde üblicherweise ein rüder Slang bevorzugt.

„Einverstanden", sagte ich gehorsam. Es war sicherlich nicht angebracht, eine kesse Lippe zu riskieren. Auch wenn ich mir als Schaf etwas fehl am Platze vorkam, so schien es den Umständen entsprechend das Beste, auf die höfliche, entgegenkommende Tour mit dem Unbekannten zu plaudern. „Was kann ich für Sie tun?"

Der Typ am anderen Ende der Leitung konnte wohl nicht anders, er musste lachen. „Sie wollen für uns etwas tun? Sie können allenfalls etwas für Lennet Kann tun. Besorgen Sie die zweihundertfünfzigtausend Mark und wir kommen ins Geschäft."

Da sei ja schön und gut, aber so einfach nun auch nicht. „Es gibt da zwei Probleme", gab ich zu bedenken. „Erstens weiß ich nicht, ob Sie Lennet Kann überhaupt entführt und in Gewahrsam haben und zweitens kenne ich niemanden, der das Geld locker machen könnte."

Ob ich damit meinen Gesprächspartner erstaunt hatte, wurde mir nicht ganz klar. „Wieso sind das denn Probleme? Lennet Kann wird doch wohl Rücklagen haben oder Menschen kennen, die für ihn zahlen werden", sagte er jedenfalls mit Gemütsruhe.

Da habe er sich falsch erkundigt, versuchte ich, den Unbekannten aufzuklären. „Der gute Lennet Kann ist absolut mittellos."

„Und das Honorar für die Auftritte?" Mir war nicht ganz klar, was der Gauner beabsichtigte. Ich hatte das Gefühl, als spielte er mit mir.

„Das hat er fast vollständig gespendet. An die Kinderkrebsstation im Aachener Klinikum", gab ich ihm zur Antwort. „Der lebt von seiner kleinen Rente bescheiden und zurückgezogen. Da haben Sie wohl den falschen Lennet Kann erwischt."

„Das glaube ich nicht", erwiderte der Unbekannte ungerührt. „Sie haben mir nichts Neues erzählt, sondern nur das bestätigt, was wir wissen, dass wir nämlich den richtigen Lennet Kann erwischt haben."

Jetzt fragte ich verblüfft: „Wieso?"

„Da Lennet Kann ein so guter Mensch ist und sich uneigennützig für andere eingesetzt hat, werden sich ja wohl nun die lieben Mitmenschen uneigennützig für ihn einsetzen und das Lösegeld zur Verfügung stellen."

„Und wie?"

„So viel Phantasie werden Sie doch wohl noch aufbringen, Herr Grundler", munterte mich der Unbekannte höflich auf. „Das ist Ihr Problem, das Sie sicherlich bestimmt lösen können." Er machte eine kurze Pause. „Übrigens; haben Sie schon die Polizei alarmiert?"

Ich sah keinen Grund, zu lügen und bejahte die Frage. „Die haben mir aber nicht glauben wollen. Die gehen von einer vorgetäuschten Entführung aus."

Der Unbekannte lachte wieder kurz. „Damit haben wir natürlich gerechnet. Wer hat denn die Entführung gemeldet, Sie oder Dr. Kockeroll?"

„Ich", gab ich freimütig zu, „nachdem mich Kockeroll beauftragt hat."

„Das ist gut", freute sich der vermeintliche Entführer, „dadurch haben wir einen Tag gewonnen."

„Wie haben Sie denn Lennet Kann entführt?" Die Frage war mir so herausgerutscht und ich bekam prompt die Quittung.

Mit einem Mal wurde der Tonfall meines Gesprächspartners hart und streng befehlend: „Sie wollen zu viel wissen, Herr Grundler. Besorgen Sie das Geld! Wir melden uns wieder bei Ihnen."

„Wann?"

„Den Zeitpunkt bestimmen wir, nicht Sie!" Ich hörte, wie der Hörer auf die Gabel geworfen wurde.

Sabine hatte alle meine Äußerungen mit stenografiert. So fiel es mir leicht, das gesamte Telefonat fast wortwörtlich zu rekonstruieren.

„Glaubst du, dass die tatsächlich Lennet Kann entführt haben?", fragte mich Sabine. „Oder bluffen die nur?"

„Das werden wir wohl schon bald herausbekommen, meine Liebe."

„Und wie?"

„Das wird sich ergeben."

„Willst du nichts unternehmen, Tobias?"

„Nein", antwortete ich, „ich warte zunächst einmal auf einen Beweis für das Kidnapping. Ich glaube nicht, dass wir allzu lange warten müssen." Ich kuschelte mich wieder auf meiner unbequemen Wohnzimmercouch in drei Decken ein, während sich Sabine in meinem gemütlichen, großen Bett räkelte.

Gerne hätte ich das Schlafzimmer mit ihr geteilt. So blieb mir leider nur die Vorstellung.

Der Beweis lag noch schneller vor mir, als ich gedacht hatte. Als wir am Morgen mit Sabines Polo ins Büro fahren wollten, sah ich im Hausflur aus meinem Briefkasten einen großen, braunen Umschlag herausragen. In der Nacht musste ihn jemand eingeworfen haben. Außer meiner maschinengeschriebenen Adresse war der Umschlag frei. Selbst das Porto für die Postbeförderung hatte sich der Absender gespart. Entweder war er pleite oder er hatte kein Vertrauen zur Post, flachste ich, als ich auf der Fahrt zur Theaterstraße den Umschlag aufriss. Ich musste Sabine ermahnen, den Blick auf das Verkehrsgeschehen gerichtet zu lassen, statt mir neugierig auf die Finger zu schauen.

„Der Brief ist für mich und nicht für dich", lästerte ich und zog dabei ein Polaroidfoto aus dem Umschlag.

Die Szene war eindeutig. Die Entführer hatten sich wohl große Vorbilder genommen. Sie hatten den müde wirkenden Lennet Kann eine Lokalausgabe der AZ mit dem ersten Artikel über sein Verschwinden gegeben, die er verkrampft vor seiner Brust hielt. Der bedauernswerte Senior saß auf einem einfachen, hellen Holzstuhl, vermutlich aus dem Hause Ikea. Der Hintergrund bestand aus einer kahlen, weiß gestrichenen Wand. Das konnte ein Zimmer, ein Kellerraum, eine Außenwand oder auch nur eine Attrappe sein, sagte ich mir. Jedenfalls ließen sich daraus nach meinem Empfinden keine Rückschlüsse auf den Aufenthaltsort von Lennet Kann ziehen.

„Gestern hat er noch gelebt", meinte ich zu Dieter mit Hinweis auf die Lokalzeitung. „Die haben das Foto schon gemacht, bevor ich mit denen telefoniert habe. Ich glaube, die Sache ist von langer Hand geplant worden." Ich schloss dies aus dem vorbereiteten Brief an Kockeroll.

„Jetzt wird es wohl Zeit für die Polizei endlich einzugreifen." Dieter spielte den entschlossenen Kämpfer für die Gerechtigkeit. „Ich rufe sie an", sagte er bestimmend zu mir. Wahrscheinlich würde er mehr Erfolg haben als sein kleiner Bürovorsteher.

In der Tat forderte uns die Kriminalpolizei auf, in die Soers ins Präsidium zu kommen und unsere Angaben zu Protokoll zu geben. Das Polaroidfoto überzeugte die Kripo schließlich davon, dass die Sache ernster war als sie vorher angenommen hatte. Mit einem Mal verbreiteten die Polizisten hektische Betriebsamkeit, sie schimpften auf mich wegen des Zerpflückens des anonymen Briefes und fanden keinerlei Lob für mein Telefonat mit den Entführern. Ich hätte das Gespräch stümperhaft geführt, beim nächsten Anruf sollte ich einen Polizeipsychologen an meiner Stelle sprechen lassen. Man werde meine Wohnung observieren, eine Fangschaltung installieren und einige Beamte abstellen, die bei mir unterkommen sollten.

Das Foto beschlagnahmten sie auf der Stelle als wichtiges Beweismittel und versahen es ordentlich mit einer Registriernummer.

Das konnte ja heiter werden, maulte ich auf der Rückfahrt in die Stadt. „Die Jungs machen die Sache garantiert kaputt."

Der Aufenthalt in meiner Wohnung wurde ausgesprochen ungemütlich. Drei Polizisten hatten es sich in meinem Wohnzimmer mit Feldbetten bequem gemacht.

Mit Sprachlosigkeit nahm ich sogar meine eigene Festnahme auf. Ein übereifriger Observant hatte von der gegenüberliegenden Straßenseite gesehen, wie ich das Mietshaus betreten hatte und über Funk seinen Kollegen alarmiert, der mich im Hausflur anhielt. Da ich mich nicht ausweisen konnte, wollte er mich schon festnehmen lassen. Nur mein überraschender Spurt durchs Treppenhaus und das stürmische Klingeln an meiner Wohnungstür verhinderte größeres Ungemach. Ein Kripomann bestätigte zu meiner Erleichterung meine Identität.

Mein Chef indes konnte über mein Missgeschick kein Bedauern äußern und lachte sich fast krumm. „Wenn du herumläufst wie ein heruntergekommener Penner, darfst du dich auch nicht wundern."

‚Jetzt kam wieder die alte Leier von Hemd mit Schlips und Stoffhose statt Sweatshirt und Jeans', stöhnte ich. Ich konnte es nicht mehr hören.

„Die wirklich gewieften Verbrecher von heute laufen in Zwirn und Nadelstreifen durch die Weltgeschichte", hielt ich verärgert entgegen. „Guck' dich doch an!"

Im Gegensatz zu meinen neuen Mitbewohnern blieb ich im Laufe der nächsten Tage gelassen. Ihnen ging das Nichtstun in meiner bescheidenen Behausung gehörig auf die Nerven, zumal ich mit den dreien partout nicht Doppelkopf spielen wollte.

In der Nacht zum Freitag, kurz vor zwei Uhr, kam endlich der nächste Telefonanruf. Bevor einer meiner neuen Mitbewohner reagieren konnte, hatte ich schon den Hörer geschnappt.

Es gab nur eine einzige Frage: „Sind Sie alleine?"

Ich dachte an den Rat des Polizeipsychologen, eine Vertrauensbasis zu den Verbrechern aufzubauen. Also hielt ich es mit der Wahrheit und sagte: „Nein."

Das musste wohl die falsche Antwort gewesen sein. Jedenfalls wurde der Hörer auf der anderen Seite der Leitung wieder aufgelegt.

Aber nicht nur der Ganove schien eingeschnappt. Auch die Polizisten schimpften mit mir wie die Rohrspatzen. Ich hätte wieder alles verkehrt gemacht. Mit mir sei einfach keine Zusammenarbeit möglich.

Zwar ärgerte mich diese Kritik, aber ich ließ sie nicht lange auf mich wirken. Ich wünschte den Ordnungshütern vielmehr eine angenehme Fortsetzung der Bettruhe und schlief sofort wieder ein.

Mein verspätetes Erscheinen in der Kanzlei am nächsten Morgen begründete ich mit zusätzlicher Nachtarbeit, was meinem Chef als Argument überhaupt nicht behagte.

„Dann mache doch den Mist selber", fluchte ich. Er solle mir gefälligst den Auftrag entziehen, bot ich ihm wütend an und stopfte ihm damit den vorlauten Mund.

Ich hatte noch nicht einmal meinen Kaffee auf eine trinkbare Temperatur abkühlen lassen, da vermittelte mir unser Rezeptionsdrachen schon den ersten von erfahrungsgemäß etlichen Gesprächspartnern, die meinten, sich unbedingt mit mir unterhalten zu müssen.

„Das hat den Polizisten in Ihrer Wohnung gewiss nicht behagt, dass Sie heute Nacht mit uns gesprochen haben", meldete sich grußlos mein neuer Telefonfreund. „Es ist wohl angebracht und unabdingbar, wenn wir unsere Verhandlungen anders organisieren."

„Wie denn?", fragte ich neugierig.

„Das ist doch im Zeitalter der modernen Telekommunikation kein Problem mehr. Wir sagen Ihnen rechtzeitig, wo und wann Sie mit uns reden können. Das bekommen wir schon geregelt. Wir machen das schon", beruhigte der Unbekannte mich. „Die Anrufe gehen zunächst in der

Kanzlei ein oder bei Ihnen oder bei Ihrer Freundin oder bei Ihrem Chef zu Hause an der Gulpener Straße."

Ich stutzte kurz und überlegte. „Was ist denn mit den Polizisten in meiner Wohnung?", fragte ich schließlich.

„Das ist doch nicht unser Problem", bekam ich zur Antwort. „Das ist uns so egal, von mir aus können die warten, bis sie Schimmel angesetzt haben. Wir werden jedenfalls höchst selten bei Ihnen am Templergraben anrufen, wahrscheinlich sogar überhaupt nicht mehr."

Der Ganove machte eine kurze Pause, die mir Gelegenheit gab, mich an meinem Kaffee zu verbrennen.

„Das Polaroid haben Sie bekommen?", wollte er sich vergewissern.

„Und schon wieder abgegeben", bekannte ich.

„An die Polizei?", fragte mich das helle Köpfchen. „Kein Problem", fuhr er dann gelassen fort, ohne auf meine Bestätigung zu warten, „wir haben noch mehr Motive. Eines können Sie übrigens morgen sehen."

Mir schwante etwas. „Wo denn?", fragte ich dennoch vorsichtig.

„In der Aachener Zeitung", erhielt ich als schon fast erwartete Antwort, „die werden im Moment in der Post das Bild finden."

„Die Zeitung wird das Foto niemals veröffentlichen", behauptete ich.

„Das werden die schon machen", erwiderte der Entführer gelassen. „Wir werden alle anderen Medien auch informieren. Seien Sie doch froh, das erleichtert Ihnen die Arbeit, Herr Gründler."

„Wenn schon, dann Grundler", knurrte ich.

„Meinetwegen auch Grundler."

„Wieso erleichtert mir das die Arbeit?", fragte ich.

„Seien Sie nicht so begriffsstutzig", antwortete der Unbekannte. „Sie müssen doch das Lösegeld besorgen. Da haben Sie jetzt beste Möglichkeiten."

Mir war schon klar, worauf der Typ hinaus wollte, aber ich sagte es ihm nicht. „Wir können es ja versuchen, Herr ..."

Aber auf diesen plumpen Trick fiel mein Gesprächspartner erwartungsgemäß nicht herein. Er legte vielmehr ohne weitere Bemerkung auf.

Für einen Lichtblick in meinem Büro sorgte Sabine, die leise hereingeschlichen war und mir einen Zettel mit einer Zahlenreihe auf den Schreibtisch legte. „Ich möchte Sie hiermit um die Überweisung meines Gehaltes auf mein neues Konto bitten", sprach sie mich in meiner offiziellen Funktion als Bürovorsteher der Kanzlei ausgesprochen höflich an. Sabine hatte bereits alle ihre Daueraufträge geändert und gegenüber der Bank erklärt, dass sie für zukünftige Überziehungen des bisherigen, gemeinsamen Kontos mit ihrem Mann nicht mehr aufkommen werde.

„Dem drehe ich jetzt den Hahn ab", sagte sie entschlossen. „Und du hast dich ab sofort um meine Finanzen zu kümmern, Tobias!"

„Kein Problem", erwiderte ich. Ich hatte ohnehin den gesamten finanziellen Kram unserer Kanzlei am Hals und musste auch die Finanzgeschäfte von Dieter und mir abwickeln. Da konnte Sabine durchaus noch mit auf meine Liste kommen; das blieb ja in der Familie.

Als ich ihr von meinem Telefonat mit dem Entführer erzählte, begann sie zu grübeln: „Was sind das für Menschen? Die verhalten sich gar nicht wie andere Ganoven. Die suchen regelrecht die Öffentlichkeit. Warum bloß?" Sie sah mich mit ihren schönen blauen Augen fragend an.

„Aus zwei Gründen, denke ich." Ich konnte nur Vermutungen äußern. „Zum einen will der Täter oder wollen die Täter uns zeigen, dass sie sich absolut sicher sind."

„Und zum anderen?"

„Zum anderen setzen sie auf die Öffentlichkeit und vielleicht auch auf einen Mitleidseffekt."

„Wieso?", fragte meine schöne Sekretärin.

„Immerhin will man ja zweihundertfünfzigtausend deutsche Märker als Lösegeld für die Freilassung von Lennet Kann. Und wer soll das bezahlen, wenn nicht die Öffentlichkeit?"

„Vielleicht findet sich ja jemand", antwortete Sabine. Sie dachte nach. „Die scheinen ja ganz schön clever zu sein."

„Aber nicht clever genug", gab ich zurück. Von solchen Verbrechern ließ ich mich nicht zum Hampelmann machen. „Denen lege ich schon das Handwerk", sagte ich bestimmt.

„Wie denn?"

Ich musste Sabine bedauerlicherweise die Antwort schuldig bleiben.

„Was willst du denn als nächstes tun?", fragte sie mich daraufhin weiter.

Glücklicherweise kam mir das Telefon zuvor, und ich konnte mir die Antwort ersparen.

Der AZ-Reporter war in der Leitung und wollte unbedingt mit mir sprechen. Er habe ein Foto erhalten, auf dem der entführte Lennet Kann abgelichtet sei, verbunden mit dem Hinweis, ich sei der Ansprechpartner.

„Wollen Sie etwa darauf reagieren?", fragte ich den Journalisten.

„Aber klar doch. Warum nicht?" Die AZ werde ausführlich über den Entführungsfall berichten. Das sei man auch den Lesern schuldig. „Die Entführer haben doch nicht um Verschwiegenheit gebeten, also sehe ich auch keine Veranlassung, nichts zu schreiben", hatte der Reporter schnell eine Rechtfertigung parat.

Was er denn schreiben wollte, wollte ich wissen. Er habe doch nichts außer dem Polaroidfoto.

Aber der Journalist lachte nur. „Ich habe doch Sie, Herr Grundler. Sie werden mir alles sagen, was ich schreiben soll." Bevor ich reagieren konnte, war er fortgefahren. „Was ich nicht von Ihnen erfahre, erfahre ich aus den gewöhnlich gut unterrichteten Kreisen." Ich solle mir deswegen bloß keine Sorgen machen. „Wir kriegen jeden Tag einen Artikel hin, bis Lennet Kann wieder frei ist."

Ob er schon mit der Kriminalpolizei gesprochen habe, fragte ich.

Wieder lachte der Journalist auf. „Die wissen nichts und die sagen nichts. Wenn die sich nicht von sich aus melden, können die mir gestohlen bleiben. Die machen mir sonst nur die Geschichte kaputt." Er würde sich gerne an meine Fersen heften, schlug der Reporter vor. „Wir können doch als Duo den Fall klären."

Dankend lehnte ich ab. Das hätte mir noch gefehlt. Polizisten in meiner Wohnung, ein Reporter am Rockzipfel. Da blieb überhaupt kein Freiraum mehr für mich und Sabine. Und dann spukte im Hinterkopf auch noch der Klausurentermin in Köln herum. Ausgerechnet in der Woche nach Rosenmontag sollte ich nach dem Willen des Justizprüfungsamtes die Klausuren für die Prüfung zum Ersten Juristischen Staatsexamen schreiben. Darauf wollte ich mich eigentlich bis dahin ein bisschen vorbereitet haben.

„Ich mache Ihnen einen Vorschlag", bot ich dem Schreiberling an. „Ich informiere Sie jeden Abend gegen achtzehn Uhr über alles, was ich im Laufe des Tages über die Entführung erfahren habe."

Mit der Zusicherung „Exklusiv und nur für Sie", hatte ich ihn überzeugt. Er ließ sich tatsächlich auf mein Spielchen ein.

„Dann bis heute Abend", sagte ich schnell und legte auf, ehe der Journalist reagieren konnte.

Es habe schon Vorteile, einen solchen Faden in der Hand zu halten, erklärte ich Sabine, die staunend meiner Unterhaltung gefolgt war. „Ich kann vielleicht über die Zeitung die Dinge etwas beeinflussen und steuern. Der wird doch nur das schreiben, was ich ihm an Informationen liefere."

„Wenn du meinst." Sabine blieb skeptisch. „Willst du denn nicht die Polizei anrufen?"

Das wäre wohl angebracht, antwortete ich, obwohl ich keine große Lust dazu verspürte. Aus meiner Lederjacke kramte ich einen Zettel, auf dem ich die Durchwahlnummer eines Kommissars notiert hatte. Er sei während der Dienstzeit jederzeit für mich erreichbar, hatte er mir in meiner Wohnung versichert und schien dies als einen unermesslichen Gunstbeweis zu bewerten. Nach Dienstschluss möchte er allerdings seine Ruhe haben. Dafür müsste ich Verständnis aufbringen.

Wahrscheinlich war es angebracht, auch die Entführer auf regelmäßige Arbeitszeiten hinzuweisen, dachte ich mir, wenn schon die Kripo Dienst nach Vorschrift machte. Der Kommissar war tatsächlich ansprechbar; er habe noch drei Minuten Zeit bis zur Mittagspause, sagte er mir. „Dann muss ich in die Kantine spurten, um noch ein ordentliches Gericht zu erhaschen." Beeile dich, wollte er damit wohl ausdrücken.

In wenigen Sätzen klärte ich den Polizisten über das Telefonat mit dem Entführer auf und wies auf das Foto hin.

Wenn es mir nicht zu viele Umstände bereiten würde, sollte ich es doch bitte im Polizeipräsidium vorbeibringen. „Aber nicht vor vierzehn Uhr. Sie wissen ja, wegen der Mittagspause."

Damit hatte sich der Mann meine Restsympathie verscherzt. Der würde lange auf das Bild warten müssen. Von mir würde er es garantiert nicht bekommen. Ich lehnte mich gereizt in meinen Sessel zurück und legte die Füße auf den Schreibtisch.

„Du bist nicht zum Faulenzen hier", raunzte mich wenige Sekunden später mein Chef an. Ich hatte gerade die Augen für eine kurze Regenerationsphase geschlossen. „Wo bleiben denn da die Mandanten?"

„Die suchen alle Lennet Kann", gab ich pampig zur Antwort und ging in die Offensive. „Du hast mich doch auf die Entführung angesetzt. Da kann ich mich nicht auch noch gleichzeitig um andere Dinge kümmern."

„Und was macht der Fall?"

„Der macht überhaupt nichts", sagte ich schnippisch. „Ich spiele den dummen August, der nur darauf wartet, endlich wieder etwas machen zu dürfen." Ich erhob mich und ging durchs Zimmer. „Das ist absolut unbefriedigend." Ich sah Dieter an. „Kannst du mir vielleicht zweihundertfünfzigtausend Mark besorgen?"

„Wenn's weiter nichts ist", meinte mein Chef gönnerhaft. Dieter griff tatsächlich in die Jacke und zog seine Brieftasche hervor. Nach einem prüfenden Blick auf seine Papiere sah er mich bedauernd an. „Tut mit aufrichtig leid, mein Freund, ich habe keinen Scheck dabei."

Diese Schau hätte er sich sparen können, brummte ich. Als wenn dieser knauserige Typ auch nur eine einzige Mark locker gemacht hätte.

Eine Viertelmillion für Lennet Kann sei verdammt happig, meinte Dieter. „Wer ist denn schon bereit, das Geld zu bezahlen?" Er gab sich selbst die Antwort: „Garantiert niemand."

Ich stimmte ihm zu. Auch ich glaubte nicht an einen generösen Geldgeber, der schnell einmal zweihundertfünfzig Mille aus dem Ärmel schütteln würde, nur um einen alten, mittellosen Karnevalisten aus einer Entführung freizukaufen.

„Bis wann wollen die denn das Lösegeld?", fragte mich mein Chef.

„Ich bin doch kein Hellseher", antwortete ich ungeduldig. „Die Ärsche haben bisher nur von der Summe gesprochen, mehr nicht. Wie ich das Geld zusammen bekomme, haben sie meiner Phantasie überlassen." Ich schaute aus dem Bürofenster hinaus auf die Theaterstraße. „Die machen sich nicht mehr Mühe, als unbedingt sein muss. Die haben ja einen Hampelmann namens Tobias Grundler."

Auch wenn ich es Dieter niemals eingestehen würde, mich hatte der Ehrgeiz gepackt, den Alten aus den Fängen seiner Kidnapper zu befreien und die Gauner zu schnappen. Ich hatte selbst zu lange unter Ungerechtigkeit zu leiden gehabt, um andere leiden zu lassen.

Wahrscheinlich ahnte Dieter es, er gab sich aber ebenso wie ich keine Blöße. Auch ihn hatte unsere gemeinsame Erfahrung mit der Ungerechtigkeit geprägt.

„Dann hampele mal schön, mein Freund", sagte Dieter mir vielmehr. Er gab mir zu verstehen, dass er wohl genauso wie ich nur dumm aus der Wäsche schaute, man mit mir spielte, statt mir die Regie zu übertragen.

„Vielleicht gelingt es dir ja doch, das Schlamassel aufzuklären", tröstete er mich. „Auf meine Hilfe kannst du selbstverständlich bauen."

Diese Bemerkung war eigentlich überflüssig. Aber wenn Dieter seine Hilfsbereitschaft schon so laut verkündete, dann wollte ich sie auch sofort in Anspruch nehmen.

„Dann rücke gefälligst deinen letzten Hunderter heraus und lade mich zum Mittagessen ein", forderte ich ihn grinsend auf. „Du weißt ja, dass mir beim Essen die besten Gedanken kommen."

Das Essen im Degraa am Theater wollte uns allerdings nicht schmecken, was jedoch nicht an der Qualität der Speisen lag, sondern ausschließlich an unserer Versunkenheit. Wir stocherten lustlos in der Mahlzeit herum und schwiegen uns an. Das waren die Momente, in denen man froh ist, jemanden neben sich zu haben, der nichts sagt. Wir waren mit unseren Gedanken überall, nur nicht bei uns.

Erst Dieters Handy rüttelte uns auf. Fräulein Schmitz hatte eine Nachricht für mich entgegengenommen.

„Du sollst Punkt vierzehn Uhr in der Telefonzelle fünf im Hauptpostamt sein", teilte mir Dieter nach seinem Telefonat mit.

So hatte kurz und bündig der Befehl gelautet.

Sofort brachen wir aus dem Restaurant auf und beeilten uns, auf die andere Straßenseite zu kommen. Pünktlich auf die Minute kam ich an der vorgegebenen Telefonzelle an. Ich war kaum eingetreten, da klingelte es schon. Erschrocken nahm ich den Hörer ab. Das hatte ich noch nie erlebt. In einer Telefonzelle angerufen zu werden, war für mich neu. Ich hatte bislang noch nicht einmal gewusst, dass so etwas überhaupt möglich ist. Aber es war tatsächlich möglich.

„Das ist nur ein Funktionstest, Herr Grundler", begrüßte mich eindeutig der Entführer. „Wir wollten Ihnen nur demonstrieren, wie unsere Verbindung in den nächsten

Tagen zustande kommen wird." Der Unbekannte schwieg kurz.

„Haben Sie schon mit der AZ gesprochen?", fragte er schließlich.

„Gewiss", antwortete ich, „heute Abend gibt es ein weiteres Gespräch, in dem ..."

Der Gauner ließ mich nicht ausreden: „Was macht das Geld?", fragte er mich bissig.

„Noch nichts", bekannte ich. „So schnell bin ich nun auch nicht."

„Lassen Sie sich bloß nicht zu viel Zeit, Herr Grundler, sonst haben Sie Lennet Kann auf dem Gewissen", drohte mir der Entführer streng.

„Wieso das denn?" Ich war verblüfft, auch wenn ich mir keiner moralischen Verpflichtung bewusst war.

„Wissen Sie denn nicht, dass Lennet Kann krank ist und Tabletten braucht? Die Tablettenpackung, die er bei sich hat, reicht vielleicht noch für zwei Wochen." Der Mann lachte kurz auf. „Dann geht der Gute über die Wupper, dann läuft dem im wahrsten Sinne des Wortes die Galle über."

Die Erkrankung von Lennet Kann war mir nicht bekannt gewesen. Aber mir sagte ja keiner 'was, bedauerte ich mich und bekam erst sehr spät mit, dass mein Unbekannter das Telefonat längst beendet hatte.

„Und?" Neugierig sah mich Dieter an, als ich in die Schalterhalle zurückkam. „Was gibt's?"

„Nichts Besonderes", antwortete ich scheinbar gelassen. „Ich habe zwei Wochen Zeit, um Lennet Kann auszulösen." In wenigen Sätzen schilderte ich meinem Freund die gesundheitliche Situation des Seniors. „Ohne Tabletten hat er dann angeblich nicht mehr lange."

„Da muss doch die Polizei endlich eingreifen", ereiferte sich Dieter. „Du musst die in den Hintern treten!"

„Wie denn? Die sind doch noch zu bequem, um sich das Foto von Lennet Kann abzuholen", entgegnete ich und schilderte meinem Chef das Gespräch am Vormittag mit der Kripo. „Die können mir gestohlen bleiben. Ich mache das schon ohne die", behauptete ich kühn, ohne zu wissen, was ich überhaupt machen konnte oder machen durfte.

Dagegen war mein Verhältnis zu Sabine schon leichter zu bewältigen. Da wusste ich genau, was ich machen konnte oder was ich machen durfte. Ich nahm sie in die Arme, nachdem wir ins Büro zurückgekehrt waren.

„Wenn das alles vorbei ist, will ich einmal nur mit dir sein."

„Wenn was vorbei ist?" Sabine sah mich fragend an.

„Die Entführung und die Scheidung natürlich."

„Das kann noch lange dauern", seufzte sie und löste sich aus meiner Umarmung. „Willst du wirklich solange warten?"

Ich lächelte: „Solange und noch länger, wenn es sein muss."

Sabine riss mich brutal aus meinen schönen Vorstellungen. „Was macht eigentlich deine Ex-Frau?"

Ich wusste es nicht, ich spürte nur den leichten Stich, den diese Frage in mir verursachte.

„Die wird wohl mit den Kindern immer noch in Essen wohnen, denke ich 'mal." Inga besaß doch den Luxus, den sie immer so geliebt hatte, was brauchte sie mich da noch?

Das Thema sei erledigt, sagte ich Sabine. „Eine Heirat pro Leben, das reicht allemal. Das kommt mir nicht noch einmal in die Tüte."

„Da bin ich aber froh." Sabine hatte ihre Arme um meinen Hals geschlungen und strahlte mich an. „Ich will auch nicht noch einmal heiraten."

„Dann schaue erst einmal, dass du von deinem Kerl loskommst, ehe du dich dem nächsten Penner an den Hals wirfst", moserte Dieter, der von uns unbemerkt in mein Büro getreten war. Hinter seinem barschen Tonfall verbarg er nur seine Besorgnis für Dos Schwester. Mich störte sein Auftritt nicht, wir wussten, woran wir waren. Do und Sabine, Dieter und ich, wir waren eine Familie, zu der auch noch Tobias junior gehörte, der Sohnemann von Do und Dieter und zugleich das Patenkind von Sabine und mir.

„Was macht das Schreiben an Sabines Macker?", fragte ich meinen Freund.

„Das ist leider zurückgekommen. Der Adressat ist unbekannt verzogen", antwortete Dieter.

„Was bedeutet das?" Sabine schaute unsicher zwischen Dieter und mir hin und her.

„Das bedeutet, dass dein Gatte postalisch unauffindbar ist", erklärte ihr Dieter bedauernd.

„Und das bedeutet weiter, dass sich deine Scheidung noch weiter verzögert", ergänzte ich. „Wir müssen jetzt mit Postzustellungsurkunden arbeiten und dann per Gericht die öffentliche Zustellung in die Wege leiten. Das wird seine Zeit dauern." Eine genaue Angabe wollte ich meiner Sekretärin nicht machen. Nach meiner Einschätzung würde sich die leidige Angelegenheit über ein Jahr dahin ziehen.

Diese Zukunftsperspektive sorgte verständlicherweise nicht gerade für Begeisterung bei Sabine. Schweigend zog sich meine Sekretärin an ihren Schreibtisch zurück und ließ mich mit Dieter allein.

„Ich habe bei der Staatsanwaltschaft angeklopft und sie auf die Entführung hingewiesen", kam Dieter ohne Umschweife auf ein anderes Thema zu sprechen. „Man will sich informieren und bei der Kripo Druck machen."

Mir sollte es nur recht sein. Je mehr neugierige Nasen sich um die Entführer kümmerten, umso weniger würde man auf mich achten, hoffte ich. Ich würde meine eigenen Fäden spinnen und glaubte sogar, schon einen vagen Ansatz zu haben. Aber darüber zu sprechen, schien mir viel zu früh zu sein. Meine Freunde von der Polizei hätten mir nach meiner Überzeugung die Sache garantiert zunichte gemacht.

„Was willst du tun?" Dieter unterbrach mich in meinen Gedankengängen. „Willst du die Polizei weiter bei dir schlafen lassen?"

An meine neuen Untermieter hatte ich überhaupt nicht mehr gedacht. Unwillkürlich musste ich lachen.

„Lasse die ruhig bei mir auf der Lauer liegen, da haben die wenigstens etwas zu tun." Ich hatte nicht die Absicht, sie über den neuen Weg der Kontaktaufnahme zu unterrichten. „Die können gut auf meine Wohnung aufpassen. Ich niste mich für die nächste Zeit bei euch oder bei Sabine ein."

Punkt achtzehn Uhr klingelte das Telefon. Das konnte nur mein neuer Freund, der AZ-Reporter sein, vermutete ich. Er fiel mir sofort ins Wort, als ich ihn anmahnen wollte, dass ich ihn anrufen wollte und nicht er mich. Es hätte ja sein können, dass ich das Treffen vergessen hätte, meinte er.

„Na, was gibt's Neues von Lennet Kann?", fragte mich der Zeitungsmensch neugierig.

„Was soll es schon geben?", wiegelte ich ab. „Alles ist total normal." Ich wurde sarkastisch. „Bis auf den Umstand, dass Lennet Kann vielleicht nur noch zwei Wochen zu leben hat." Rasch klärte ich den verblüfften Schreiberling auf. „Der braucht wohl ein bestimmtes Medikament wegen einer chronischen Gallenerkrankung."

„Das ist ja ein Ding!" Es schien mir, als hörte ich sogar ein wenig Begeisterung in der Stimme des Journalisten. „Das müssen wir morgen unbedingt melden."

Bevor ich protestieren konnte, redete er weiter. „Wir werden eine Spendenaktion für Lennet Kann ins Leben rufen", schilderte er mir frohlockend. „Wir werden bei der Sparkasse Aachen ein Konto einrichten und das Lösegeld durch Spenden zusammenbekommen!" Anders sei es ohnehin nicht machbar, meinte er.

Sein Vorschlag stieß nicht gerade auf meine uneingeschränkte Zustimmung. „Ich bin vielmehr dafür, überhaupt nichts zu zahlen, denn niemand garantiert, dass

Lennet Kann nach einer Übergabe des Lösegelds auch wirklich freigelassen wird."

„Wer garantiert Ihnen denn, dass Lennet Kann freigelassen wird, wenn wir nicht zahlen?", hielt der Journalist dagegen. „Die haben den doch nicht entführt, um sich anschließend vor Schiss in die Hosen zu machen. Die wollen Geld sehen." Er atmete kurz durch. „Ohne Geld kriegen wir den Lennet Kann garantiert nicht zurück, mit Geld hingegen steigt die Wahrscheinlichkeit." Der Journalist machte wieder eine kurze Pause. „Außerdem steigt die Chance, die Entführer zu erwischen, wenn es zu einer Geldübergabe kommt." Das sei statistisch erwiesen. „Die Geldübergabe ist der Zeitpunkt, der die größte Möglichkeit zum Eingreifen bietet."

Ich wollte dem Schreiberling nicht so recht glauben. Andererseits hatten die Überlegungen des Reporters etwas für sich. ,Sollte er ruhig seine Spendenaktion machen', dachte ich mir. Das würde den Entführern zumindest zeigen, dass wir ernsthaft daran arbeiteten, Lennet Kann freizukaufen.

„Wollen Sie denn auch bei den Karnevalssitzungen mit der Spendenbüchse herumlaufen?", fragte ich.

„Selbstverständlich", antwortete der Reporter. „Wir werden keine Möglichkeit auslassen, um das Geld zusammenzubekommen."

„Da bin ich aber gespannt", bemerkte ich. „Und was machen Sie alles?"

Der Journalist lachte. „Ich empfehle die Lektüre der morgigen Ausgabe, Herr Grundler. Da können Sie alles lesen."

Sabine erfüllte mir meine Bitte, für die nächste Zeit gelegentlich bei ihr wohnen zu dürfen, herzlich gerne.

„Ich rede viel lieber mit dir als mit Uli Wickert", sagte sie nur.

Sabine gehörte auch zu der großen Schar der Frauen, die den Fernsehapparat erst um zweiundzwanzig Uhr dreißig anschalteten, um entweder eine halbe Stunde vor der Glotze auszuharren oder sofort wieder auszuschalten. Das hing immer davon ab, wer Dienst bei den Tagesthemen hatte.

Doch heute musste Uli auf einen seiner weiblichen Fans verzichten. Sabine und ich spielten Halma und sie versäumte glatt die Nachrichtensendung.

Lebensretter

„Wer rettet das Leben von Lennet Kann?" Ich traute meinen Augen kaum, als ich die Schlagzeile las. Auf meinem Fußweg zur Theaterstraße hatte ich mir die Tageszeitung gekauft und voller Neugier aufgeschlagen.

In meiner Erschrockenheit wäre ich beinahe bei Rot über die Kreuzung gelaufen, wenn mich nicht ein freundlicher Zeitgenosse energisch zurückgezogen hätte. „So wichtig sollten Sie die Zeitung auch nicht nehmen", gab er mir als Ratschlag mit auf meinen weiteren Lebensweg, der dank seines Eingreifens doch noch vor mir lag.

„Wer rettet das Leben von Lennet Kann?" Ich konnte es einfach nicht fassen. Der Reporter hatte alle journalistischen Register gezogen, er hatte sachlich über den Stand der Dinge bei der Entführung berichtet und erwartungsgemäß zur Genugtuung der Entführer auch das Polaroid veröffentlicht. Neben der rein auf Tatsachen beruhenden Berichterstattung hatte er noch einen Kommentar gestellt, in dem er an alle und alles appellierte, um die Entführung des schwer kranken Karnevalisten möglichst schnell zu beenden.

In einem weiteren Artikel folgte der Spendenaufruf: „Wir sammeln für Lennet Kann!", hatte der Journalist geschrieben. Er forderte alle Leser zur Teilnahme an der Aktion auf. Auch der kleinste Spendenbeitrag könnte dazu beitragen, das Leben von Lennet Kann zu retten.

„Doch damit nicht genug", las ich weiter. „Lennet Kann braucht nicht nur Geld, um sein Leben zu retten. Lennet Kann braucht wegen seiner Gallenerkrankung auch Medizin. ‚Ursofalk', so heißt das Mittel, das er täglich einnehmen muss. Nur noch für vierzehn Tag reicht sein Vorrat, den er bei sich trägt. Dann kommen sie wieder, die Koliken, die Entzündungen, die Krämpfe und Schmerzen. Vierzehn Tage bleiben nur, um Lennet Kann zu retten." Der Schreiberling hatte mächtig auf die Tränendrüse gedrückt. Aber es war schon geschickt gemacht, wie er jeden Leser davon überzeugte, dass er persönlich am Überleben von Lennet Kann mitwirken konnte.

‚Ob der Journalist aber tatsächlich etwas damit erreichen würde?', fragte ich mich skeptisch.

Sabine unterbrach per Telefon meine Überlegungen. „Du sollst zur Telefonzelle an der Ecke Theaterstraße und Dunantstraße kommen und zwar genau um neun Uhr zehn. So hatte kurz und knapp die Anweisung gelautet. Keine Anrede, keine Einleitung. Der hat nur das gesagt", schilderte mir meine Sekretärin den einseitigen Verlauf des Telefongesprächs.

Ruhig machte ich mich auf den Weg zur angegebenen Stelle. Es war für jeden ersichtlich, wie die Entführer vorgingen. Sie riefen mich in einer Telefonzelle an. Vermutlich, so dachte ich mir, werden sie selbst sich auch aus einer Zelle melden und damit ein Zurückverfolgen der Gespräche fast unmöglich machen.

Wie ich erkannte, war die Zelle zwei die anrufbare. Schnell schlüpfte ich hinein, bevor ein anderer Passant mir zuvorkommen konnte. Es war immer noch besser in der Zelle zu stehen als davor in der winterlichen Kälte zu warten.

Eines musste ich den Entführern zugestehen. Sie waren sehr korrekt. Auf die Minute genau klingelte das Telefon und ich nahm den Hörer ab.

„Sind Sie es, Herr Grundler?" Die mir schon vertraute Stimme hatte sich auf mein „Hallo" fragend gemeldet.

„Ja", antwortete ich und kassierte sofort einen derben Rüffel: „Ab sofort melden Sie sich nur noch mit Ihrem Namen, verstanden?"

Ich hatte verstanden, schluckte kurz und versicherte, mich zu bessern. Es schien mir ratsam, den braven Mann statt des ungehaltenen Kerls zu mimen. Meine große

Stunde würde garantiert irgendwann einmal kommen. Da war ich mir vollkommen sicher.

„Das klappt ja bestens", ließ sich der Unbekannte vernehmen. „Die Medien machen mit. Die Sache mit dem Spendenaufruf ist wirklich gut. Mein Kompliment dafür, Herr Grundler."

Was sollte ich dazu sagen? Ich schwieg und sah keinen Anlass zu erklären, dass die Aktion nicht auf meinem Mist gewachsen war.

„Wie geht es Lennet Kann?", fragte ich stattdessen schnell.

Die Antwort war typisch: „Den Umständen entsprechend. Er lebt und wir lassen ihn leben. Und er wird auch überleben, wenn Sie Ihre Aufgabe zufriedenstellend erfüllen, Herr Grundler. Liefern Sie uns das Lösegeld und wir liefern Ihnen Lennet Kann."

„Um mir das zu sagen, haben Sie mich am frühen Morgen durch den Winter gehetzt?", knurrte ich.

Doch der Unbekannte ging auf meine bewusste Provokation nicht ein. „Sie sind undankbar", tadelte er mich in einer emotionslosen Art. „Wir wollen Ihnen nur sagen, dass Sie im Briefkasten Ihres Büros ein aktuelles Bild von Lennet Kann finden." Der Mann schwieg kurz und sagte dann: „Bis morgen." Schon hatte der Ganove aufgelegt.

Schnell eilte ich zur Kanzlei zurück. Tatsächlich befand sich in unserem Briefkasten ein einfacher, brauner Briefumschlag ohne Aufschrift, den ich hastig aufriss. Der Umschlag enthielt nur ein Polaroidfoto, das Lennet Kann mit der heutigen Ausgabe der Aachener Zeitung zeigte.

„Damit musst du zur Polizei", drängelte mich mein Chef.
„Die müssen tätig werden."

„Dann sollen sie gefälligst hierherkommen", sagte ich wütend. „Ich laufe denen nicht hinterher."

Aber auch die Polizei machte keinerlei Anstalten, mit mir Verbindung aufzunehmen, was mich nun doch ein wenig verwunderte. Offensichtlich schien es unsere Gesetzeshüter noch nicht einmal zu stören, dass ich in der Nacht nicht zu Hause gewesen war.

Dennoch ließ es sich nicht vermeiden, dass ich am Nachmittag zum Templergraben gehen musste. Auf meinem Schreibtisch lagen noch die Übungsklausuren für die Vorbereitung zum Examen. Vielleicht würde ich ja doch noch einmal etwas Zeit finden, mich auf die Prüfungsarbeiten einzustimmen. Allerdings konnte ich mit großer Gelassenheit zur Prüfung nach Köln fahren. Nach der Sechs-Wochen-Arbeit, die nach Auffassung vieler Juristen äußerst gelungen war, dürfte mir nicht viel bei den Klausuren passieren.

Wie fast immer, so ging ich auch diesmal zu Fuß quer durch die Innenstadt zu meiner Wohnung. Auto fahren in Aachen war mir ein Gräuel, das durch die ewige Parkplatzsuche auch nicht besser wurde. Da verließ ich mich lieber auf meine Füße. Außerdem machten die Spaziergänge durch die Stadt den Kopf klar und sortierten die Gedanken.

Das Schicksal von Lennet Kann ging mir nicht aus dem Sinn. Wieso ließ ich mich eigentlich auf diese belastende Vermittlerrolle ein?

„Du genießt diese Rolle doch", antwortete mein Chef und Freund, als ich ihm die Frage stellte. „Das kommt deiner Eitelkeit doch sehr entgegen."

Ich hätte Dieter gerne widersprochen, aber es wäre wahrscheinlich halbherzig gewesen. Tobias Grundler, der Mann, der Lennet Kann rettete, das hörte sich verdammt gut an. Die Sache hatte nur einen einzigen, verdammt großen Haken: Ich wusste nicht, wie ich die arme Socke tatsächlich aus seiner misslichen Lage retten konnte.

Die Polizisten in meiner Wohnung glotzten mich verwundert an, als ich die Tür öffnete.

„Gab es etwas, was ich wissen müsste?", fragte ich höflich, obwohl ich mir die Antwort denken konnte.

„Nichts, absolut nichts, tote Hose", antwortete der Kommandoführer des Polizistentrios. Es habe keinen einzigen Anruf gegeben.

Auch in meiner Post fand sich nichts, was auf die Entführung zu beziehen war. Ich hatte lediglich von einem Aachener Buchverlag die betrübliche Mitteilung erhalten, dass er einen Geschichtenband von mir nicht noch einmal auflegen wollte. Ich nahm es nicht weiter tragisch, zumal ich genug Geld damit verdient hatte.

„Spenden Sie auch für Lennet Kann?", fragte mich einer der Polizisten neugierig und hielt mir die Aachener Zeitung entgegen.

„Wenn Sie mit gutem Beispiel vorangehen, dann können wir darüber sprechen", entgegnete ich ausweichend.

Keinen Pfennig werde er locker machen, versicherte der Ordnungshüter entschieden. „Das fehlt noch, dass ich Kriminelle unterstütze."

‚Und dadurch womöglich Leben rette', dachte ich mir. Aber ich schwieg.

Ich war gespannt, wie die Spendenaktion angelaufen war, als ich den AZ-Reporter am Abend danach fragte.

Dazu könne er frühestens in zwei Tagen etwas sagen, bremste er mich. „Es gibt nur viele Beschwerden. Für so etwas wolle man kein Geld spenden, ist der allgemeine Tenor." Statt an die Bürger solle man sich an die Karnevalisten wenden, schließlich sei Lennet Kann einer der ihren.

Der Journalist schien enttäuscht. „Ich hatte eigentlich ein anderes Echo erwartet", bekannte er. „Lediglich der Hausarzt von Lennet Kann hat sich besorgt geäußert und mir ein Rezept zugeschickt."

Das sei ja wenigstens etwas, kommentierte ich spitz. „Aber Sie haben ja noch die Karnevalsvereine und die vielen Sitzungen, da werden Sie das Lösegeld schon zusammenkriegen."

„Davon gehe ich einfach aus", gab sich der Schreiberling vorsichtig optimistisch. „Da wird bestimmt ein Haufen Geld hereinkommen."

Nachdem ich das Telefonat beendet hatte, fiel mir noch eine Frage ein, die ich dem Reporter eigentlich gestellt haben wollte. Als ich wieder in der Redaktion anrief, wurde mir aber gesagt, dass er schon gegangen sei.

Ich saß alleine im Büro an meinem Schreibtisch und machte mir eine Gesprächsnotiz, die ich zu den anderen steckte. Beim Überfliegen der Zettel fielen mir einige

71

Ausrufezeichen auf. Aber ich hatte noch viel zu wenige, um ein klares, eindeutiges Bild zeichnen zu können. Es war wie bei einem Puzzle, bei dem drei oder vier Teilchen von vielleicht einhundert zusammenpassen konnten. Nur hatte ich das sichere Gefühl, dass diese drei oder vier Teilchen tatsächlich auch zusammenpassten.

Ich hatte das Radio eingeschaltet. Leise war klassische Musik zu hören, ansonsten war es still und dunkel. Das war der ideale Hintergrund für mich, um für die Examensklausuren zu büffeln. Schon wenige Augenblicke später war ich in der juristischen Materie versunken und hatte meine Umgebung vergessen.

Das Telefon holte mich zurück aus meiner abstrakten und schönen Paragraphenwelt. Es war fast Mitternacht, wie mir der Blick auf die kleine Tischuhr klarmachte. Das konnte nur ein Notfall sein. Wer sonst würde um diese Uhrzeit in der Kanzlei anrufen?

Sabine hatte mich ins wirkliche Leben zurückgeholt. „Du musst sofort kommen, Tobias!", rief sie aufgeregt in den Hörer. „Mein Mann steht vor der Tür und will sie eintreten. Du musst mir helfen."

„Ruf' die Polizei!", sagte ich nur kurz, legte auf, schnappte meine Lederjacke und stürzte aus dem Büro. Im Eilschritt marschierte ich durch die bitterkalte Nacht zum Adalbertsteinweg und kam zeitgleich mit einem Streifenwagen vor dem Haus an, in dem Sabine wohnte. Noch vor mir rannten die beiden Polizisten in den Hausflur und stiegen in die zweite Etage. Neugierig standen im Treppenhaus schon die anderen Hausbewohner und verfolgten gespannt das Geschehen. Da wurde genug Gesprächsstoff für die Tratschstunden in den nächsten Tagen geboten.

„Wo ist der Kerl?", hörte ich eine tiefe Stimme lallend brüllen. Sabines Macker hatte wieder einmal zu tief ins Glas geschaut, wie so oft, und ließ seiner Aggression unbeherrscht freien Lauf. Das war halt sein großes Problem: der Alkohol und die Aggression. „Wo ist der Kerl?"

Er hatte tatsächlich mit seinen Tritten das Türschloss gesprengt und war in die Wohnung eingedrungen. Rasend vor Wut stand er vor der verängstigten Sabine und schüttelte sie kräftig an den Schultern. „Wo hat sich das Schwein versteckt?" Die Polizisten und mich hatte er überhaupt noch nicht bemerkt.

„Meinen Sie etwa mich?", fragte ich laut in den Raum hinein und ging auf den Mann zu.

Mit großen, schwammigen Augen stierte mich der betrunkene Typ an. Mit diesem Verlauf des Geschehens hatte er wohl nicht gerechnet.

„Wenn Sie mich meinen, kann ich Ihnen nur erklären, dass ich gerade hinter den Polizisten in die Wohnung gekommen bin." Ich drehte mich um und sah die Polizeibeamten an. „Nicht wahr, meine Herren, Sie können es bestätigen?"

Die beiden nickten bejahend.

Ermattet ließ Sabines Noch-Gatte die Hände sinken und sich widerstandslos von den Ordnungshütern festnehmen.

„Wollen Sie etwa Anzeige erstatten?", fragten sie Sabine noch, die mich ratsuchend anschaute.

„Auf eine Anzeige möchte unsere Mandantin verzichten", antwortete ich ruhig, aber bestimmt. „Aber sie legt Wert darauf, dass dieser Vorfall protokolliert wird. Besonders legt sie Wert auf die Feststellung, dass Herr Grundler sich nicht in der Wohnung befand, als ihr Mann sie attackierte."

Das saß. Die Polizisten nickten artig, als ich ihnen eine Visitenkarte unserer Kanzlei übergab. „Die Durchschrift des Protokolls schicken Sie bitte zur Theaterstraße!"

Es war für mich selbstverständlich, dass ich die Nacht in Sabines Wohnung verbrachte. Wie ein Hofhund legte ich mich im Flur direkt hinter der defekten Wohnungstür hin. An mir würde keiner vorbeikommen, versicherte ich Sabine, die sich mit einem leichten Kuss auf meine Stirn bei mir bedankte.

Ich musste mich sehr zurückhalten, sie zu mir auf die Luftmatratze zu ziehen.

„Du bist auch kein guter Wachhund, Tobias", lästerte Sabine am Morgen am Frühstückstisch. Sie hatte schon die Tageszeitung gekauft und Kaffee gekocht, und ich hatte nichts mitbekommen. „Du hast geschlafen wie ein Murmeltier, mein Bester."

„Aber ich war doch erfolgreich", hielt ich zu meiner Verteidigung dagegen. „Oder hat dich heute Nacht noch jemand belästigt?"

Sabine musste lachen. Immer, wenn ich ihre Lachfältchen sehe, bin ich vollkommen fasziniert. Ich konnte nicht anders, ich umarmte sie und gab ihr einen satten Kuss, den sie spontan erwiderte. „Du könntest mich immer stören", flüsterte sie, „hoffentlich bald." Sie löste sich aus meinen Armen und hielt mir die Zeitung hin. „Gibt's heute etwas Neues von Lennet Kann?"

Die Kidnapper hatten ein neues Polaroid an die AZ geschickt, das wieder veröffentlicht worden war. „Wie lange muss Lennet Kann noch leiden?", hatte der Reporter geschrieben. Hoffentlich nicht mehr lange, antwortete er selbst. Die Lösegeldaktion laufe auf Hochtouren. Nicht nur die Leser, auch die Karnevalisten und die Karnevalsgesellschaften würden für die Freilassung des Seniors sammeln. Eine renommierte Aachener Anwaltskanzlei habe inzwischen den Kontakt zu den Entführern aufgenommen und die Vermittlerrolle übernommen.

„Der spinnt wohl", eiferte ich mich. „Wie kommt der Arsch dazu, so etwas zu schreiben?"

„Ist es denn etwa falsch?", fiel mir Sabine ins Wort.

„Darauf kommt es doch gar nicht an", antwortete ich. „Der macht dadurch die Öffentlichkeit auf uns aufmerksam, und das kann ich nicht gebrauchen. Je weniger meine Rolle bei dem verbrecherischen Spiel bekannt wurde, umso größer war die Chance, es erfolgreich zu beenden.

„Der macht uns alles kaputt", übertrieb ich verärgert.

„Der hat doch keine Ahnung", versuchte Sabine mich zu beruhigen.

Da war ich mir nicht so sicher. „Ich traue dem nicht über den Weg", sagte ich.

Im Büro wartete ein unruhiger Dieter auf uns. „Wo warst du?", fragte er mich nervös.

Ich hätte Pluspunkte in einer komplizierten Scheidungsangelegenheit gesammelt, antwortete ich gelassen.

Doch hatte mir Dieter gar nicht zugehört. „Da klingelt mich heute um sieben ein Idiot aus dem Bett und will, dass ich dir eine Nachricht zukommen lasse. Du hast wirklich schöne Freunde", ereiferte er sich künstlich, um dann sachlich zu werden.

„Du solltest um acht Uhr in einer bestimmten Telefonzelle am Templergraben sein. Die Kidnapper haben wohl irrtümlich gedacht, dass du ausnahmsweise einmal im eigenen Bett nächtigst."

Jetzt was es natürlich zu spät. Ich fand den Anruf allerdings aufschlussreich, auch wenn ich nicht mehr darauf reagieren konnte.

„Der wird sich garantiert wieder melden", sagte ich nur und begann, die Post auf meinem Schreibtisch zu sortieren. Ein weiteres Schreiben der Entführer fand ich nicht, ich hatte auch nicht unbedingt damit gerechnet. Dazu war es wohl noch zu früh am Tag.

Als Staubsauger für meinen Chef sortierte ich die Drohschreiben und Schmähbriefe aus und steckte sie nach einem kurzen Überfliegen in einen speziellen Ordner. Vielleicht ließe sich einmal etwas aus diesen, in aller Regel anonymen Briefen machen. Ich hatte es mir längst abgewöhnt, mich über diesen Schund aufzuregen. Dieter hatte mir schon recht früh in unserer Zusammenarbeit die komplette Bewertung der Eingangspost überlassen.

„Dann brauche ich mich wenigstens nicht zu ärgern", hatte er dazu gemeint.

Die Schreiben der Anwaltskollegen, der Gerichte und unserer Mandanten hatte ich rasch sortiert. Wie so oft waren es die üblichen Schriftsätze, die nur mit anderen Namen und Aktenvermerken versehen, von Kanzlei zu Kanzlei oder von und zum Gericht kursierten. Die spektakulären Fälle spielten sich meistens anders ab und unter wenigen Augen in einer vertrauensvollen Atmosphäre. Dazu gehörte sicherlich auch der Entführungsfall, bei dem die Berichterstattung in der Zeitung meiner Rolle nicht unbedingt förderlich war.

„Wenn ich den Schreiberling heute Abend am Telefon erwische, mache ich den zur Schnecke", sagte ich zu Sabine, die mir die Unterschriftenmappe ins Büro gebracht hatte. Das war immer der schönste Augenblick des Arbeitsalltages, wenn ich die Rechnungen an die Mandanten überprüfen und abzeichnen konnte.

„Wer bezahlt eigentlich deine Scheidung?", fragte ich beiläufig meine schöne Sekretärin.

Sie tat ahnungslos: „Ich hoffe doch, dass dafür genügend Geld in deiner Portokasse ist, Tobias."

Bevor wir uns deswegen in einen Disput hineinreden konnten, unterbrach uns unser Rezeptionsdrachen am Telefon.

„Jemand für Sie, Herr Grundler", sagte sie kurz angebunden und stellte die Verbindung her.

„Bitte bestätigen Sie zehn Uhr fünfzehn, Horten, vierte Etage, Zelle zwei", forderte mich die schon bekannte dunkle, klare Stimme auf.

Ich tat wie befohlen. „Ich mache mich sofort auf die Socken", fügte ich mit einem raschen Blick auf meine

Schreibtischuhr hinzu. Doch vermutlich hatte der Unbekannte meinen Zusatz nicht mehr mitbekommen.

Mit strammem Schritt eilte ich durch die City zum Einkaufszentrum und postierte mich schon recht früh in der Zelle, ganz zum Unmut einer Seniorin, die wohl per Telefon einen Plausch mit einer Freundin halten wollte. Demonstrativ wandte ich ihr den Rücken zu.

Mein Befehlsgeber war wie gewohnt pünktlich. Mit keinem Wort ging er auf seinen Fehlversuch vom frühen Morgen ein. „Wir wollen nur wissen, ob Sie noch leben, Herr Grundler", begrüßte er mich. „Lennet Kann setzt große Hoffnung in Sie. Enttäuschen Sie ihn nicht."

Diese Art von Humor mochte ich überhaupt nicht. „Was steht denn an?", fragte ich gereizt zurück.

„Nichts Besonders. Wir wollten Ihnen nur sagen, dass Sie heute kein Polaroid bekommen. Sie brauchen also nicht jede zehn Minuten zum Briefkasten rennen. Bis morgen." Schon hatte der Entführer aufgelegt.

Nachdenklich hängte ich den Hörer auf die Gabel. Sofort klingelte es wieder und ich nahm automatisch ab.

„Ist Margarete da?", fragte eine schrille Stimme. Ich sah mich um und bemerkte die immer noch ausharrende Seniorin. Sie hieß tatsächlich Margarete und riss mir verärgert den Hörer aus der Hand.

Mit den Entführern kam ich nicht klar. Für sie schien das Kidnapping von Lennet Kann fast ein Spiel zu sein. Offensichtlich waren sie sich ihrer Sache so sicher, dass sie mit großer Gelassenheit agierten. Die hatten nicht nur die

Sache schon vor einiger Zeit ausgeheckt, die hatten sie auch mit allen Eventualitäten durchgespielt, dachte ich mir auf dem Weg zurück in die Kanzlei. Aber sie hatten das große Pech, ausgerechnet auf mich als Vermittler zu treffen. Ich würde ihnen das Spiel verderben, da war ich mir sicher. Die angeblich so abgebrühten Entführer hatten schon mindestens zwei gravierende Fehler gemacht.

„Das reicht aber bei weitem noch nicht aus, um sie zu identifizieren und dingfest zu machen", meinte Dieter, nachdem ich ihn bei unserem nachmittäglichen Lagegespräch über meine Beobachtungen in Kenntnis gesetzt hatte. „Das ist noch sehr abstrakt."

„Aber es grenzt den vermutlichen Täterkreis ein", gab ich zu bedenken.

Dieter stimmte mir nickend zu. „Du solltest jetzt besser die Polizei darüber informieren", empfahl mir mein Chef freundschaftlich.

Doch ich schüttelte den Kopf. „Von denen kommt nichts. Die haben bis jetzt noch nicht einmal darauf reagiert, dass ich nicht in meiner Wohnung übernachte und sich dort überhaupt nichts abspielt. Denen muss ich die Entführer auf dem Präsentierteller servieren, damit die überhaupt wach werden."

„Unterschätze unsere Freunde von Sicherheit und Ordnung nicht", sagte Dieter beschwichtigend. Er hatte wohl bemerkt, dass ich begann, mich zu ereifern. „Die werden sicherlich auch an dem Fall arbeiten. Für die ist es doch optimal, wenn die Entführer sich ganz auf dich konzentrieren."

„Meinst du?" Ich wurde misstrauisch. Wenn mein bester und einziger Freund so von den Grünen sprach, dann war etwas im Busch.

„Ich meine nicht nur, ich weiß es", antwortete Dieter. Seine eigenen Beziehungen zur Staatsanwaltschaft und zur Kriminalpolizei waren auch mir noch nicht durchschaubar geworden. Aber das war vielleicht auch gut, denn manchmal kann man seine Freunde am besten dadurch schützen, dass man ihnen nicht alles unter die Nase reibt.

Der AZ-Reporter war merklich enttäuscht, als er mich am Abend gegen unsere Vereinbarung anrief. Er hatte ebenfalls auf das Bild von Lennet Kann verzichten müssen und gehofft, bei mir fündig zu werden.

Ich hätte nichts für ihn, sagte ich nicht ohne Schadenfreude. „Was wollen Sie denn für morgen schreiben?"

Das solle wahrlich nicht meine Sorge sein, antwortete er mir. „Ich kriege schon etwas zusammen", sagte er mit anscheinend übermäßiger Zuversicht.

„Etwas Neues von der Lösegeldfront?", fragte ich. „Wie sieht es denn in der Kasse aus?"

„Bescheiden beschissen oder beschissen bescheiden, ganz wie Sie wollen." Der Journalist seufzte. „Da kommen vielleicht ein paar Hunderter zusammen." Leserbriefe gebe es zuhauf zu dieser Entführung und auch zahlreiche Solidaritätsbekundungen für Lennet Kann. „Aber das Portemonnaie bleibt leider zu." Was ja auch kein Wunder sei angesichts der vielen Spendenaktionen einerseits und dem gleichzeitigen Anstieg der Gebühren für Müll und

Wasser in Aachen, fand der Schreiberling eine Erklärung für die deprimierende Spendenbereitschaft.

„Aber für den Besuch der Karnevalssitzungen ist das Geld da", entgegnete ich und erinnerte mich an Dieters entsprechende Bemerkung.

„Bei den Sitzungen wird ja auch gesammelt", versicherte der Reporter. Das habe er bereits mit den Verantwortlichen des Aachener Karnevals abgeklärt. „Und die Gesellschaften und Künstler werden bestimmt auch etwas geben", gab er sich zuversichtlich.

„Zweihundertfünfzigtausend Mark sind verdammt viel." Ich hatte meine Zweifel am Erfolg dieser Aktion. Doch ließ der Journalist meine Bedenken nicht zu: „Das schaffen wir locker."

Wenn er es glauben wollte, bitte sehr. Ich glaubte es nicht unbedingt.

„Bevor ich es vergesse, Herr Grundler, ich habe die Tabletten für Lennet Kann. Falls die Kidnapper Sie danach fragen sollten, wissen Sie jetzt, wo es die Tabletten gibt."

Das hatte nun wirklich Zeit. Knapp eineinhalb Wochen würde der Vorrat von Lennet Kann noch ausreichen, hatte ich errechnet. Bis dahin könnte er vielleicht schon wieder auf freiem Fuß sein.

„Glauben Sie daran, Herr Grundler?"

Ich würde mich hüten, eine Prognose abzugeben. Das könnte den Kidnappern gefallen, morgen in der Zeitung zu lesen, dass ich mit der baldigen Freilassung von Lennet Kann rechnete.

„Besorgen Sie das Geld für mich und ich erledige den Rest", antwortete ich ausweichend.

Die Erwiderung des Schreiberlings kam auf der Stelle und war, wie ich nicht anders zu erwarten hatte. „Nicht ich besorge das Geld, sondern Sie", sagte er kompromisslos und sich absichernd. „Wir versuchen nur, Sie bei der Geldbeschaffung zu unterstützen." Damit war er fein raus. Wenn es nicht klappte, konnte er sich immer noch zurücklehnen, sein Bedauern über das tragische Schicksal von Lennet Kann äußern und mich alleine den Hampelmann machen lassen.

Funkstille

Nachdem ich meine nächtliche Rolle als Wachhund bei Sabine zu unserer vollen Zufriedenheit erledigt hatte, ging ich am Morgen einigermaßen entspannt und ausgeruht in die Kanzlei. Dort war es mit der Ruhe und Entspannung allerdings vorbei. Hektik und Aufgeregtheit begrüßten mich vielmehr.

„Der Polizeipräsident will Sie sprechen", warnte mich das beunruhigte Fräulein Schmitz vor, „der ist äußerst aufgebracht." Radio Aachen und Antenne AC wollten Interviews mit mir machen. Das WDR-Studio Aachen wollte mich am Nachmittag ins Fernsehstudio lotsen.

„Die sind alle hinter dir her", meinte Dieter verunsichert. Er zupfte nervös an seinem Krawattenknoten und lief wie ein aufgescheuchtes Huhn durch mein Zimmer.

„Warum das denn?", fragte ich ihn erstaunt. So spitz war ich auch nicht darauf, unbedingt ins Fernsehen oder ins Radio zu kommen. „Ich habe doch nichts getan."

Offensichtlich stand ich mit dieser Auffassung aber wohl allein auf der Welt. Der Redakteur der Aachener Nachrichten, der sich bei mir per Telefon meldete, brachte das Thema auf den Punkt. „Wie ich heute gelesen habe, sind Sie der Vermittler im Entführungsfall Lennet Kann."

Ich musste kräftig schlucken, ehe ich diesen Brocken gedanklich verdaut hatte. „Wie kommen Sie denn darauf?"

Er habe es bei einem Mitbewerber auf dem Aachener Zeitungsmarkt gelesen, antwortete er. „Kennen Sie etwa den Artikel nicht, der über Sie geschrieben wurde, Herr Grundler?", fragte er provozierend.

Er war mir unbekannt, wie ich eingestehen musste. „Ich bin noch nicht dazu gekommen", sagte ich. „Was steht denn da drin?"

„Da steht unter anderem, dass Sie Ihre Nächte nicht in Ihrer Wohnung verbringen und dass Sie die Polizei zum Narren halten."

Mir stockte für einen Moment der Atem.

„Sie würden die Polizei in Ihrer Wohnung warten lassen und träfen mit den Entführern Absprachen, von denen die Polizei nichts weiß." Der Nachrichten-Mann machte eine kurze Pause. „Stimmt das oder stimmt das etwa nicht?"

Was sollte ich ihm antworten? In gewisser Weise stimmte es schon. Andererseits lag es ja nicht an mir, dass ich die letzten beiden Nächte als Wachhund zu verbringen hatte.

„Da wird eine Sache hochgespielt, die es nicht wert ist", versuchte ich abzuwiegeln. „Ich kann Ihnen nur sagen, dass alles Menschenmögliche gemacht wird, um Lennet Kann unversehrt zu befreien. Ist etwa mein Name in dem Artikel genannt?"

„Das nicht gerade", antwortete der AN-Redakteur. „Aber es gibt nur eine renommierte Anwaltskanzlei Dr. Sch. an der Theaterstraße und es gibt nur einen Bürovorsteher namens T. G. in dieser Anwaltskanzlei. Da ist der Weg zu Ihnen nicht mehr weit, zumal Sie ja auch auf der Visitenkarte der Kanzlei namentlich erwähnt sind."

Ob denn mein Verhalten gegenüber der Polizei normal wäre, wollte der Journalist weiter wissen.

Wieder blieb ich ihm eine ehrliche und deutliche Antwort schuldig. „Die Polizei wird wissen, was sie zu tun hat. Ich bin in deren Ermittlungsarbeit nicht eingeschaltet."

„Wie sehen denn Ihre Bemühungen aus, Herr Grundler?"

„Meine Bemühungen sind eher gering. Ich versuche, das Lösegeld einzutreiben, wie auch immer, und warte ab, was mir die Entführer dann befehlen."

Mir kam ein Einfall. „Haben Sie keine Idee, wie ich an das Geld komme?"

Anscheinend lagen wir beide nicht auf einer Wellenlänge. Jedenfalls schmeckte dem Journalisten meine Frage nicht sonderlich.

„Es kann nicht meine Aufgabe als Medium sein, ein Verbrechen zu unterstützen", antwortete er barsch. Er würde vielmehr seine Leser lieber über den Verlauf der Entführung informieren und über die Befreiungsaktion be-

84

richten. „Aber ich glaube nicht, dass Sie der richtige Mann dafür sind", warf er mir noch eine Nettigkeit zu.

Wollte er mich etwa beleidigen?

„Halten Sie sich für geeigneter?", fragte ich schroff zurück. Ich wäre gerne bereit, ihn den Entführern als neue Kontaktperson zu benennen. „Dann sind Sie mittendrin im Geschehen, aber unterliegen vielleicht einer Nachrichtensperre."

Damit war das Gespräch beendet. Mit einem unfreundlichen Gruß legte der Redakteur auf.

Sabine hatte in der Zwischenzeit die aktuelle AZ besorgt und mir den aufklärenden Artikel auf den Schreibtisch gelegt. „Wo ist der Verbindungsmann nachts?", fragte der Reporter mit seiner großen Überschrift. Er schilderte das bedauernswerte Los der Polizisten, die tatenlos in meiner Wohnung hockten und vergeblich auf Anrufe warteten. Anschließend berichtete er von meinen Kontakten zu den Entführern hinter ihrem Rücken und ohne ihr Wissen.

Tatsächlich hatte er meinen Namen nicht genannt. Aber jeder, der wollte, hätte ihn schnell herausbekommen können. Die pfiffigen Journalisten hatten es vorgemacht. Ob es allerdings für unsere Kanzlei von Vorteil war, jetzt noch mehr in die Nähe eines Verbrechens gerückt zu werden, schien mir, und Dieter noch mehr, sehr zweifelhaft. Aber darüber sollte sich mein Chef gefälligst seinen klugen Kopf zerbrechen und nicht ich als kleiner, unterbezahlter Handlanger.

Ich hatte zunächst genug damit zu tun, die anderen Journalisten zu beschwichtigen und hatte dabei schnell meine Standardaussage zusammen, in der ich das wiedergab, was ich dem Nachrichten-Mann bereits gesagt hatte. Die fast schon nötigende Einladung, ins WDR-Studio zu kommen und dort vor laufenden Kameras Klartext zu reden, lehnte ich höflich ab. Das fehlte mir noch, dass man mein Gesicht bekannt machte.

Nur meinen speziellen AZ-Freund, der mir die Geschichte eingebrockt hatte, bekam ich an diesem Tag nicht an die Strippe. Er habe heute frei, hieß es im Redaktionssekretariat, er würde sich morgen, wie gewohnt, wieder mit mir in Verbindung setzen.

Da hatte es der Polizeipräsident eiliger. Noch vor dem Mittagessen rief er mich an und beschimpfte mich lauthals. Mein Verhalten gegenüber der Polizei sei unverschämt.

„Sie lassen meine Kollegen ahnungslos schmoren und verschwinden einfach, ohne sich abzumelden." Das sei ein ausgesprochen schlechter Stil. „Nur durch eine vertrauensvolle Zusammenarbeit können wir die Entführer dingfest machen", behauptete er in seiner Gardinenpredigt.

Ich ließ die Schelte unwidersprochen auf mich niederprasseln. Was würde ich schon dadurch erreichen, wenn ich ihm das zögerliche oder dienstzeitorientierte Verhalten seiner so hoch geschätzten Kollegen entgegenhielt?

„Ziehen Sie die Leute ruhig aus meiner Wohnung ab", empfahl ich ihm vielmehr, „das bringt doch nichts." Wo ich die vorletzte Nacht verbracht hatte, könne er leicht dem Einsatzbericht der für den Adalbertsteinweg zuständigen Polizeidienststelle entnehmen. „Und in der letzten Nacht war ich als Kavalier der alten Schule ebenfalls dort." Im Übrigen habe mir niemand aufgetragen, mich möglichst stündlich bei meinen Kontrolleuren in meiner Wohnung zu melden und Rechenschaft abzulegen. Mir sei einerlei, ob sie dort herumsaßen oder nicht.

„Solange die da sind, komme ich nicht. So einfach ist das."

Der Polizeichef beurteilte meine Erklärung als mangelnde Bereitschaft zur Zusammenarbeit. „Die Chance, die Ganoven zu schnappen, ist doch um ein Mehrfaches größer, wenn wir kooperieren", hielt er mir vor.

„Und die Chance, das Leben von Lennet Kann zu retten, ist umso größer, je weniger wir zusammenarbeiten", entgegnete ich frostig. „Offiziell zumindest", lenkte ich aber sofort versöhnlich ein. Ich sei gerne bereit, ihn über die Ereignisse auf dem Laufenden zu halten. „Aber nur, wenn Sie mir versprechen, mir nicht in die Quere zu kommen." Auf Ratschläge der Polizei könne ich verzichten. „Die sind doch nicht normal", sagte ich und meinte damit selbstverständlich die Ganoven, „denen können wir mit normalen Ermittlungsmethoden niemals das Handwerk legen."

Das solle ich ruhig der Polizei überlassen, entgegnete der Boss aller Aachener Polizisten.

Er solle mir ruhig freie Bahn lassen, sagte ich daraufhin. „Ich kriege die Kerle garantiert."

„Wie denn?"

„Das kann ich Ihnen nicht sagen, weil ich es noch nicht weiß", antwortete ich frank und frei. „Aber ich kriege sie." Gegen eine Mithilfe der Polizei hätte ich gewiss nichts einzuwenden. Doch sie müsse nach meiner Anleitung geschehen und nicht nach polizeilichen Schemata. „Sie müssen nur zur richtigen Zeit am richtigen Ort sein."

„Wann und wo?"

„Keine Ahnung. Nur eines steht fest, jetzt ist nicht der richtige Zeitpunkt und auch nicht der richtige Ort."

Das Aufblinken der zweiten Leitung auf dem Display meines Telefons zeigte mir, dass ein weiteres Gespräch auf mich wartete. Mit einem „Ich melde mich bei Ihnen, wenn ich etwas weiß", verabschiedete ich mich schnell und nahm das andere Gespräch entgegen.

„Deine Freunde", sagte Sabine kurz und übergab mir die Leitung.

„Hauptbahnhof, Eingangshalle, Haube vier, bitte wiederholen Sie!"

Ich tat wie befohlen. „Und wann?"

„In zehn Minuten."

Bevor ich protestieren konnte, war die Leitung unterbrochen. In nur zehn Minuten zum Hauptbahnhof, da musste ich schon stramm marschieren. Ich wolle doch nicht das Trimmabzeichen machen, schimpfte ich zu Sabine, während ich in meine Lederjacke schlüpfte und mich aus der Kanzlei verabschiedete.

Die Entführer kannten sich anscheinend nicht besonders gut im Aachener Hauptbahnhof aus. Es herrschte Hochbetrieb um die Mittagszeit, alle Telefonzellen waren besetzt. In der angegebenen Haube plauderte ein junger Mann angeregt. Es hatte nicht den Anschein, als würde es ein kurzes Gespräch sein. Vor mir wartete schon ein Reisender, der sich auf seinen Koffer gesetzt hatte.

‚Das konnte ja heiter werden‘, stöhnte ich. Mit der angegebenen Anrufzeit konnte es einfach nicht klappen. ‚Warten oder gehen?‘, fragte ich mich und ich entschied mich für das Warten. Vielleicht hatte man Mitleid mit mir; außerdem hatte ich wenig Lust, eventuell noch einmal durch die Gegend zu laufen. Interessiert beobachtete ich meine Umgebung, entdeckte aber nichts Bemerkenswertes. Im Bahnhof herrschte wohl immer Betriebsamkeit, man bewegte sich schnell, man hatte es eilig beim Kartenkauf, man kaufte hastig eine Zeitung.

Nur meine beiden Vorgänger an der Telefonzelle hatten die Ruhe weg. Der eine plauderte weiterhin angeregt, der andere hockte immer noch lässig auf seinem Schalenkoffer und stützte sein Gesicht auf den Händen ab. Der Mann nutzte die Zeit offensichtlich zu einem Nickerchen. Das konnte ja heiter werden. Der Mann machte keine Anzeichen, zu einer der Nachbarhauben zu wechseln, was ihm wahrscheinlich nicht viel genutzt hätte, da auch dort schon mehrere Menschen warteten.

Endlich rückte mein Vordermann auf und griff sofort zum Hörer. Damit war mein Hoffnungsschimmer verflogen, die Kidnapper hätten sich vielleicht schnell dazwischen schalten können.

Glücklicherweise machte es der Reisende gnädig und beließ es bei einem kurzen Anruf. „Ihr könnt mich abholen", sagte er nur laut. „Ich bin schon im Bahnhof." Lächelnd räumte er mir den Platz und ging mit seinem Koffer fort.

Sofort regte sich Unmut hinter mir, als ich den Hörer nicht abnahm, sondern nur gebannt auf das Gerät starrte. „Au Banan", stöhnte jemand hinter mir. „Dat hat mich noch jefehlt. Kannste oder willste nich?", fragte er mich ungehalten.

Ich nahm den Rüffel ungerührt hin und hoffte nur darauf, dass die Entführer anriefen.

Endlich erlöste mich das Klingelzeichen. Nachdem ich mich artig mit meinem Namen gemeldet hatte, konnte ich aufatmen.

„Wo waren Sie Schlingel bloß des Nachts?", fragte mich der bekannte Unbekannte mit seiner tiefen, klaren Stimme. Meine Antwort erwartete er wohl nicht, denn er fuhr fort. „Da stehen Sie ja richtig schön im Rampenlicht, Herr Grundler. Das ist nicht gut für Sie, aber gut für uns", frohlockte er. „Wenn sich alle auf Sie stürzen, haben wir wenigstens etwas Ruhe. Apropos Ruhe: Wir werden jetzt eine Ruhepause einlegen bis nächste Woche Donnerstag. Bis dahin haben Sie hoffentlich das Lösegeld zusammen und außerdem die Tabletten für Lennet Kann." Ich wollte etwas sagen, aber der Unbekannte ließ mich nicht zu Wort kommen.

„Wenn Sie jetzt über den linken Aufgang zum Bahnsteig vier gehen, sehen Sie dort direkt neben der Treppe einen Papierkorb. Darin finden Sie einen Briefumschlag, der Sie garantiert interessieren wird." Damit endete das einseitige Gespräch abrupt.

90

Schnell ging ich durch den Bahnhof zum angegebenen Bahnsteig, wo ich tatsächlich im Abfalleimer den Briefumschlag fand. Er enthielt, fast schon von mir erwartet, ein weiteres Polaroidfoto von Lennet Kann, der wieder eine Aachener Zeitung vom heutigen Tag vor der Brust hielt.

Der Bahnsteig war menschenleer. Der letzte Zug war vor fast 15 Minuten in Richtung Köln abgefahren, der nächste würde in knapp 20 Minuten ankommen, wie mir die Tafel mit den Fahrplänen anzeigte.

Nachdenklich ging ich zurück in die Kanzlei und rief den Polizeipräsidenten an. Er könne sich gerne das neueste Bild von Lennet Kann abholen, bot ich ihm an und schilderte ihm die Absicht der Entführer, sich eine mehrtägige Auszeit zu gönnen.

„Nicht schlecht", kommentierte er nüchtern. „Je weniger sie sich melden, umso weniger Fehler begehen sie." Damit war das Thema für ihn erledigt.

„Sie können übrigens wieder nach Hause, Herr Grundler. Ihre Wohnung ist leer und gereinigt. Falls einige Bierflaschen fehlen, können Sie sie mir in Rechnung stellen."

Diese überflüssige Bemerkung konnte nur rhetorisch gemeint sein, dachte ich gereizt. Bei mir in der Wohnung war kein Platz für Alkohol jeglicher Art.

„Mir wäre es lieber, wenn Sie mir die Gardinen reinigen. Die sind doch garantiert voller Nikotin. Ich hasse Nikotin und werde allein schon vom Gestank krank."

Diesen Posten hatte der Präsident wohl nicht auf seiner Rechnung gehabt, wie er mir kleinlaut eingestand. „Dagegen hilft ausgiebiges Lüften", gab er mir statt dessen einen hausmännlichen Ratschlag. Was ich als Nächstes zu tun gedenke, fragte er mich überflüssigerweise, und ich gab ihm meine Standardantwort, die ich immer gab, wenn mir nichts mehr einfiel: „Nichts. Ich warte ab, was passiert."

Schnell drehte ich den Spieß um. „Und was gedenkt die Polizei zu tun?"

Der Polizistenboss lachte kurz auf. „Wir werten die Bilder aus und bereiten uns jetzt konzentriert auf unseren nächsten Großeinsatz vor. Da kommt es mir noch nicht einmal ungelegen, dass die Kidnapper eine Sendepause einlegen."

Worin denn der Großeinsatz bestünde, wollte ich neugierig wissen. Was konnte es schon Besonderes im Januar in diesem verschlafenen Städtchen geben? Weder stand ein CHIO an, noch spielte die Alemannia. Was war es aber dann?

„Am Samstag nächster Woche gibt es die Sitzung des AKV wider den tierischen Ernst im Eurogress. Da kommen wieder Hinz und Kunz und wir müssen uns um die Ordensritter kümmern. Das ist jedes Jahr dasselbe Spielchen. Aus allen Himmelsrichtungen fliegen Politiker und sonstige gesellschaftliche Größen ein und wir dürfen sie bei ihrem Vergnügen auf Kosten des Steuerzahlers dann überwachen."

„Wer kommt denn alles?"

„Ich weiß es nicht genau. Bisher haben sich Blüm, Waigel, von Heeremann, die rote Schmidt und die schwarze Höhler angekündigt, aber es werden wohl noch mehr werden. Ich weiß nicht, wer sonst noch alles", stöhnte der

Polizeichef gekünstelt. Aus seinen Worten war herauszu-
hören, dass er eigentlich recht stolz darauf war, die soge-
nannten Persönlichkeiten des öffentlichen Lebens in
Aachen schützen zu dürfen.

‚Für die paar Männeken son Jedüens', würde hingegen
meine alte Wohnungsnachbarin am Templergraben sagen, wenn ich ihr von dieser Geschichte berichten würde.

„Und der Everding, der will unbedingt auch wieder kommen", ergänzte der Oberpolizist seine Namensaufzäh-
lung.

„Sonst noch jemand?" Mir war ziemlich schnurzpiepegal,
wer alles zu der berühmt-berüchtigten Sitzung kam oder
kommen wollte. Ich kannte noch nicht einmal den Namen des neuen Ritters, geschweige denn den des Or-
densbruders, der die Laudatio auf den Neuen in der elitären Runde halten würde. Freiwillig würde ich mir dieses
Spektakel gewiss nicht zu Gemüte führen, sagte ich dem
Polizeipräsidenten, der erneut auflachte: „Das wird wohl
auch nicht mehr möglich sein. Die Eintrittskarten sind
längst schon alle ausverkauft."

Als ich am Abend in meine karge Bleibe zurückkehrte,
erschrak ich mich fast. Die Polizisten hatten die Wohnung
so ordentlich hinterlassen, dass ich nichts mehr auf Anhieb wiederfand. Hier offenbarte sich einmal mehr das
alte Problem, wenn ein Rechtshänder im Haushalt eines
Linkshänders unbeaufsichtigt sein Unwesen treiben
konnte. Es lag einfach nichts mehr an der richtigen Stelle,
sondern seitenverkehrt.

Aber nicht nur das ließ mich erschrecken. Auf meinem Schreibtisch lagen die Bleistifte ordentlich gespitzt, der Länge nach und natürlich fälschlicherweise auf der rechten Seite nebeneinander, im Badezimmer waren die Handtücher millimetergenau übereinander gestapelt, auf dem Bildschirm meines Fernsehers fand sich kein Stäubchen mehr. Die Wohnung sah ungemütlich ordentlich aus. Da gefiel mir mein geordnetes Chaos, das üblicherweise in meinen eigenen vier Wänden herrschte, allemal besser als diese bürokratische Korrektheit, die noch nicht einmal vor meiner Bücherwand zurückgeschreckt hatte. Mir sträubten sich die Nackenhaare, als ich das Ungemach erblickte. In alphabetischer Reihenfolge waren die mehr als tausend Bücher neu angeordnet worden. In ihrem Reinigungsrausch hatten mir die beflissenen Ordnungshüter mein persönliches Qualitätssystem restlos zerstört. Ich hatte meine Bücher nach meinem privaten Beliebtheitsgrad sortiert, in dem jedes Buch auf einer Rangliste auf- oder absteigen konnte. Momentan stand Crichtons Uralt-Roman Andromeda ganz oben, dicht gefolgt von Commichau und Windeln; aber selbstverständlich noch hinter meinen eigenen drei Geschichtenbänden. Sie konnte ich jetzt hinter Grass und fälschlicherweise auch noch hinter Grünwald wiederfinden. Ich stand noch staunend bis fassungslos vor der Bücherwand, als es an der Wohnungstür schellte.

Sabine bot sich freundlicherweise, aber vergebens, als Putzfrau an. Dieter hatte ihr von der Rückkehr in mein Reich berichtet und sie hatte in meiner Wohnung ein heilloses Tohuwabohu vermutet.

94

„Umso besser", sagte sie pragmatisch, als sie den ordentlichen Zustand sah, „dann können wir uns ja ins Vergnügen stürzen." Sie nötigte mir mit ihrem bezaubernden Lächeln einen Kinobesuch ab, den ich nur deshalb bereitwillig akzeptierte, weil er mir die Gelegenheit bot, ihre Hand zu halten und zu streicheln. Darüber vergaß ich glatt wieder den Titel und den Inhalt des Streifens, von dem mir Sabine anschließend vorschwärmte.

Am Morgen stolperte ich noch schlaftrunken in den kleinen Laden nebenan und kaufte eine AZ, derweil Sabine das Frühstück vorbereitete.
„Wir benehmen uns schon wie ein richtiges Ehepaar", schmunzelte sie, als wir uns in der Küche darüber zankten, wer zuerst den Lokalteil lesen durfte und wer sich zunächst mit dem Hauptteil begnügen musste. Sabine überzeugte mich schließlich mit dem Argument, sie müsse doch wissen, wo Wohnungen frei werden, falls sie nach der Scheidung umziehen würde. „Da muss ich doch die Todesanzeigen studieren und die stehen bekanntlich immer hinter dem Lokalteil, mein Liebster."
Zumindest der Kulturteil befand sich zu meiner Erleichterung im vorderen Teil der Zeitung, und so hatte ich wenigstens etwas, über das ich mich aufregen konnte. Eine Tageszeitung richtig und intensiv gelesen, regt ungemein den Kreislauf an und macht Tabletten überflüssig. Gerade der Kulturteil ist das optimale Aufputschmittel, nicht zuletzt dank Hägar, dem Schrecklichen, das unbedingte Muss bei der täglichen Zeitungslektüre.

„Da steht nichts drin", behauptete Sabine, als sie mir endlich den Lokalteil übergab. „Es ist einfach nichts los in Aachen. Immer nur Baustellen und Umleitungen. Wie kann die Stadt das alles nur bezahlen. Ich denke, die sind pleite?"

„Was ist denn mit Lennet Kann?", wollte ich viel lieber wissen. Neugierig warf ich einen Blick auf die erste Lokalseite und wurde zunächst enttäuscht. Kein Wort hatte die Zeitung heute über den Entführungsfall geschrieben. Auch auf den weiteren redaktionellen Seiten fand ich nichts. Enttäuscht wandte ich mich der alltäglichen Kolumne oben links zu und wurde fündig.

Funkstille, meldete Mullefluppet. Die Kidnapper hätten sich zum kurzen Winterschlaf zurückgezogen und würden sich erst nächste Woche wieder melden. Das sei auf eine Art tröstlich, denn man könne jetzt wenigstens davon ausgehen, dass so lange das Leben von Lennet Kann nicht in konkreter Gefahr sei. Noch einmal appellierte das Strichmännlein an die Menschlichkeit und bat zugleich um Spenden für das Lösegeld.

Die Sache kam mir merkwürdig vor. Da hatte der Reporter, der mich in die Öffentlichkeit hatte drängen wollen, seinen freien Tag und dennoch wurde etwas über den Entführungsfall geschrieben. Warum die Zeitung aber kein Bild veröffentlicht hatte, würde wohl ihr Geheimnis bleiben. Oder sollten die Entführer das Blatt nicht beliefert haben? Aber eigentlich sollte mir das alles egal sein.

Es war mir wahrlich nicht unangenehm, dass die Entführer die Kontaktaufnahme unterbrochen hatten. Das gab mir nicht nur Gelegenheit, mich noch etwas auf meine Examensklausuren vorzubereiten, sondern verschaffte mir auch die Möglichkeit, meine Gedanken neu zu sortieren und Fragen zu klären. Dabei waren Gespräche mit Karnevalisten durchaus nützlich. Manche Fakten waren schon erstaunlich, wie mir auch Dieter bestätigte. Es gab einige Fragen, deren Antworten mich bei der Lösung des Falles durchaus unterstützen könnten.

„Du bist schon verdammt weit, mein Freund", lobte mich Dieter, der atemlos meinen Überlegungen gefolgt war. „Wenn diese Annahmen und Vermutungen sich verifizieren, kommst du ganz schnell an den Täterkreis."

Ich widersprach meinem Chef, auch wenn es mir leid tat. „Dann komme ich in die Nähe eines vermutlichen Täterkreises. Vielleicht komme ich nur Handlangern auf die Schliche, die den eigentlichen Drahtziehern nur zuarbeiten und die möglicherweise noch nicht einmal wissen, dass sie missbraucht wurden." Ich blieb vorsichtig und wollte nicht an den schnellen Erfolg meiner Recherche glauben.

„Was macht eigentlich die Scheidung deiner Schwägerin?", wechselte ich das Thema.

„Sie läuft", antwortete mein Chef trocken und entlockte dabei bei mir ein gequältes Stöhnen.

„Sie läuft", das war auch so eine Floskel, die alles und nichts aussagte. Solche Floskeln konnte Dieter seinen Mandanten verkaufen, aber nicht mir.

„Dank der Eskapade von Sabines Mann haben wir wenigstens seine neue Adresse. Ich habe doch noch Strafanzeige wegen Nötigung, Hausfriedensbruch, Sachbeschä-

97

digung und versuchter Körperverletzung erstattet. Jetzt wird gegen ihn ermittelt und er hat sich regelmäßig zu melden." Dieter grinste frech. „Ich bin gespannt, ob er sich wieder absetzt und in einer anderen Wohnung untertaucht. Das würde meinen Spezies bei der Staatsanwaltschaft garantiert nicht sonderlich gut gefallen." Er war optimistisch, die Scheidung relativ zügig abwickeln zu können. „Der wird sich wundern, wie schnell das jetzt gehen kann."

Wieder trat ich auf die Euphoriebremse. „Ich glaube erst daran, wenn der Scheidungsrichter offiziell das Urteil verkündet. Das dauert garantiert noch bis nach den Gerichtsferien im Sommer. Da bekomme ich schneller Lennet Kann aus den Klauen seiner Entführer frei als du Sabine aus den Fesseln ihrer Ehe."

Das kurze Zucken in Dieters Augen zeigte mir, dass ich ihn in seinem Ehrgeiz getroffen hatte. Jetzt kam garantiert wieder eine seiner abstrusen Wetten, wie immer, wenn er meinte, sich mir gegenüber beweisen zu müssen. Dabei musste er doch wissen, dass er mir nicht das Wasser reichen konnte.

„Du bekommst das Geld nie zusammen und selbst wenn, dann wirst du die Entführer von Lennet Kann niemals schnappen", behauptete er erbost. „Wollen wir wetten?"

„Von mir aus", antwortete ich betont gelangweilt. „Ich wette, du schaffst es nicht, Sabines Scheidung vor der Sommerpause durchzubringen. Ich hingegen habe Lennet Kann spätestens bis dahin frei."

„Die Wette gefällt mir", sagte Dieter törichterweise. Er fiel immer wieder auf mich herein. Oder hatte er noch einen Trumpf im Ärmel, von dem ich nichts ahnte? Bei dem Schlawiner wusste ich nie genau, woran ich war.

„Wer verliert, muss im Sommer auf Tobias aufpassen, wer gewinnt, darf mit Do und Sabine nach Venedig", meinte er zum Wetteinsatz, den ich umgehend akzeptierte. Ich hatte keine Zweifel, dass ich diese Wette gewinnen würde.

Neugierig war ich auf die Erklärung des AZ-Reporters wegen des Artikels. Der sei ihm so aus der Feder gerutscht, erklärte er ohne Beklemmung. „Es ist doch alles richtig, oder?"

Ich konnte ihm noch nicht einmal widersprechen. „Aber warum denn der Hinweis auf meine Wenigkeit?"

„Warum nicht?", entgegnete mir der Journalist. „Das ist doch der Stoff, der unser Leben ausmacht. Da sind die Kidnapper, die Kontakt aufnehmen wollen und nicht können, weil die Kontaktperson spurlos verschwunden ist. Das ist schon tragisch-komisch."

Ich wollte eigentlich widersprechen, ließ es dann aber, auch wenn mir die Frage brennend auf den Lippen hing. ‚Vielleicht war es besser, jetzt noch nicht vorzupreschen', dachte ich mir.

„Gibt es denn sonst was Neues?"

„Nein", sagte ich betont deutlich, „es gibt gar nichts."

„Merkwürdig", kommentierte der Schreiberling. „Die müssen sich doch regen. Die wollen schließlich etwas von uns."

„Die wollen Geld", fiel ich ihm ins Wort. „Und Sie wollten eine Geldquelle anzapfen. Wie steht es denn inzwischen damit?"

Meine Frage war meinem Gesprächspartner hörbar unangenehm. „Ich hoffe auf die Sitzungen am Wochenende, da müsste Geld zusammenkommen."

„Genug?"

„Ich weiß es nicht, Herr Grundler. Ich kann es nur für Sie wünschen."

Ohne weitere Bemerkung und ohne Vorwarnung beendete ich das Gespräch. „Los!", forderte ich meine Sekretärin auf. „Lass' uns aus dem Büro verschwinden." Schnell bugsierte ich Sabine aus der Kanzlei und lenkte sie in ein kleines Restaurant in der Nachbarschaft. „Wir wollen den Abend für uns genießen."

Zehn Prozent

Mit einem effektheischenden Appell wandte sich der Aachener Karnevalsverband als Dachorganisation der Aachener Karnevalisten an die Besucher der Sitzungen. Fast gleichlautend veröffentlichten die Tageszeitungen den Aufruf, der auch im Rundfunk von allen Sendern verlesen wurde. Es läge in der Hand der Karnevalsfreunde, das Leben von Lennet Kann zu retten und ihn aus seiner Gefangenschaft zu befreien, hieß es. Jeder solle einen Betrag spenden, die Akteure bei den Sitzungen auf zehn Prozent ihrer Gage verzichten, die Gesellschaften von jeder verkauften Eintrittskarte zehn Prozent abgeben und auch die Gastronomie sollte zehn Prozent ihres Umsatzes zum Lösegeld hinzufügen.

„In einer solidarischen Aktion können wir Karnevalisten beweisen, dass wir eine verschworene Gemeinschaft sind und keinen der unseren im Stich lassen", sagte der oberste Narrenboss von Aachen in seinem flammenden Aufruf. Er habe alle Gesellschaften persönlich angeschrieben und gehe selbstverständlich mit gutem Beispiel voran, behauptete er, und spende 50 Mark von seiner Aufwandsentschädigung.

„Ob die Aktion erfolgreich ist?", fragte mich Dieter skeptisch, nachdem wir im Büro die Zeitungen überflogen hatten. „Ich glaube es nicht."

„Du glaubst nicht an den unzerbrechlichen Zusammenhalt der Öcher Narren?", hänselte ich ihn. „Du bist doch so stolz auf deine Jecken. Du bist doch selber einer. Oder sind das etwa alles nur Schönwetterparolen und Lippenbekenntnisse?" Ich sah ihn frech an. „Also, wo ist deine Spende?"

Aber Dieter drehte sich nur schweigend um und verließ mein Zimmer. Wahrscheinlich hatte ich dem Sensibelchen zu kräftig auf den Schlips getreten.

Kaum eine Minute später kam er aschfahl in mein Büro gestürzt.

„Tobi ist weg!", sagte er und starrte mich entgeistert an. „Er ist von der Schule nicht nach Hause gekommen."

Do hatte in der Kanzlei angerufen und Dieter alarmiert.

„Die haben heute eine Karnevalsfeier in der Schule gehabt. Nach Schulschluss war er dann einfach weg." Unruhig lief er durch den Raum, während ich schwieg. „Nun mach' doch etwas, Tobias!", herrschte er mich an.

Ich versuchte ruhig zu bleiben, auch wenn es mir schwerfiel. Immerhin war Tobi unser aller Goldjunge. Als er im letzten Jahr in der Grundschule Auf der Hörn eingeschult worden war, waren seine Paten, sprich Sabine und ich, nicht weniger stolz gewesen als seine Eltern. Bei uns drehte sich fast alles um den Jungen.

Es brachte nichts, jetzt zurück zu schnauzen. Ich achtete nicht weiter auf meinen aufgebrachten Freund, griff zum Telefon und rief bei Do an, die sofort abnahm.

„Seit wann ist Tobi überfällig?", fragte ich sie in ruhigem Tonfall.

„Seit einer knappen Stunde", antwortete Do besonnen. „Es ist mir aufgefallen, weil seine Klassenkameraden schon so lange zurück sind. Ich habe mir erst gedacht, er sei noch in der Schule geblieben und käme mit dem nächsten Schulbus. Aber die haben längst Feierabend gemacht, wie mir der Hausmeister eben gesagt hat." Sie seufzte kurz. „Was würdest du tun, Tobias?"

Abwarten und Tee trinken würde ich auf keinen Fall. „Ich fahre zur Schule und du rufst erst die Lehrerin und dann die Polizei an", schlug ich ihr vor.

Bereitwillig übergab mir Sabine die Schlüssel ihres Polos. Ihr Angebot mitzukommen, musste ich bedauernd zurückweisen.

„Es ist besser, wenn du bei Dieter bleibst, der muss unter Kontrolle bleiben, sonst rastet der noch aus."

Ich gab mich äußerlich zwar ruhig, aber in mir brodelte es. Wehe, einer vergriff sich an unserem Tobi. Der hatte es hinter sich, schwor ich mir, als ich zum Ahornweg fuhr. Dort stieß ich auf einen älteren Herren und eine junge Frau, den Hausmeister der Schule und die Lehrerin von Tobi. Beide zeigten sich sichtlich erschrocken darüber, dass der Junge noch nicht zu Hause angekommen war.

„Die sind hier im großen Pulk zum Schulbus geströmt, so richtig schön in karnevalistischer Freude", berichtete mir der Hausmeister. „Die sahen so niedlich aus mit ihren Kostümen und Verkleidungen."

Ob er denn beobachtete habe, dass Tobi in den Bus eingestiegen sei, wollte ich von ihm wissen, doch überforderte ihn diese Frage offensichtlich.

„Ich kann doch nicht alle Kinder einzeln im Auge behalten. Das sind viel zu viele."

„Und Sie?" Ich wandte mich der Lehrerin zu.

Sie blinzelte nervös mit ihren grünen Katzenaugen, als sie mir antwortete. „Ich weiß es nicht. Es kann auch sein, dass Tobi in einen Mercedes gestiegen ist. Sein Vater kommt ihn doch manchmal in einem Mercedes abholen." Die Frau blickte kurz zu Boden und dachte nach. „Ja, so ist es gewesen, Tobi ist in einen Mercedes geklettert. Wir haben uns nichts dabei gedacht."

Ich schüttelte ungläubig mit dem Kopf. So einfach war das offenbar, ein fremdes Kind mitzunehmen. Das konnte nicht so sein, das durfte nicht so sein. Und doch war es allem Anschein nach so.

Enttäuscht und beunruhigt fuhr ich zur Gulpener Straße, wo eine überraschend gefasste Do auf mich wartete.

103

„Die Polizei hat mir gesagt, ich solle mich in einer Stunde wieder melden, wenn Tobi immer noch nicht zu Hause sein sollte", sagte sie mir ruhig. „Und du sollst im Büro anrufen."

Mit wenigen Worten setzte mich Sabine ins Bild. „Du sollst in deine Wohnung fahren, Tobias. Punkt vierzehn Uhr wird sich jemand bei dir wegen Tobi melden."

„Wer denn?"

„Das hat man mir nicht gesagt."

Sofort machte ich mich auf den Weg und fluchte am Templergraben über die Unmöglichkeit, einen Parkplatz zu finden. Dennoch schaffte ich es, pünktlich in meiner Wohnung zu sein.

Der Anruf kam wie angekündigt und war äußerst kurz. „Der Junge sitzt auf einer Bank im Westpark. Es ist ihm nichts passiert." Damit war das Gespräch auch schon wieder beendet.

Ich überlegte nicht lange und verzichtete darauf, Dieter oder Do zu informieren, sondern steuerte sofort den Westpark an. Lange brauchte ich nicht zu suchen, da hatte ich Tobi auch schon entdeckt, der brav in seinem Cowboy-Kostüm auf der Bank saß.

„Hey, du Wyatt Earp", begrüßte ich ihn freundlich, „was treibt dich denn nach hier?"

Der Knabe sah mich strahlend an, um dann von einem Moment zum anderen zu weinen. Ich setzte mich neben ihm auf die Bank und legte meinen Arm um ihn, um ihn zu beruhigen.

An der Schule hätten ihn nach der Feier zwei Männer in einen Mercedes geschubst und seien mit ihm davongefahren, erzählte er mir. „Die haben mir gesagt, mir würde nichts passieren. Sie wollten mir nur ein Foto geben. Ich soll es Vati geben."

Ob er denn auch mir das Bild zeigen würde, fragte ich den Jungen, der sofort in seinem Ranzen herumkramte.

„Hier!" Tobi reichte mir einen braunen Briefumschlag, der mir bekannt vorkam. Das war einer von denen, in denen die Entführer von Lennet Kann ihre Polaroids zu verschicken pflegten. Meine Vermutung bestätigte sich, im Umschlag befand sich ein neues Bild von Lennet Kann mit der Tageszeitung von heute.

„Wie sahen denn die Männer aus, die dich mitgenommen haben?", fragte ich mein Patenkind.

„Lustig", antwortete Tobi. „Das waren Clowns in ganz bunten Kostümen und ganz lustigen Gesichtern.

„Und mittendrin hatten sie rote, dicke Knollennasen?"

„Woher weißt du das, Onkel Tobias?" Der Junge sah mich erstaunt an. „Kennst du die?"

„Nein", antwortete ich, „Clowns haben immer rote, dicke Knollennasen."

„Nicht immer", wollte mich Tobi belehren, „es gibt auch andere Clowns."

Aber auf diese Diskussion wollte ich mich nicht einlassen. Ich packte den Jungen an die Hand. „Los, nach Hause!", kommandierte ich, „deine Eltern warten schon auf dich."

Ich lieferte Tobi bei Do ab, die mich mit einem strahlenden Lächeln belohnte. „Was würden wir nur ohne dich tun?"

Ich verkniff mir eine Antwort.

Ich war heilfroh, dass Tobi gesund und ihm nichts passiert war.

Zufrieden fuhr ich in die Kanzlei zurück, wo Dieter und Sabine auf mich warteten. ‚Was wollten die Entführer damit bezwecken?', fragte ich mich unterwegs. Wollten die uns nur zeigen, wie sicher die sich fühlten?

Es war sicherlich ein gerütteltes Maß Neugierde dabei, als ich mich am Wochenende auf eine Tour durch die verschiedenen Säle machte, um zu sehen, wie bei den Karnevalsveranstaltungen die Spendengelder flossen. Mein Vorschlag, die Kontrolle mit einem Spaziergang durch Aachen zu verbinden, hätte mich fast die Freundschaft zu Sabine gekostet.

Sie tippte sich ungläubig an die Stirn, als ich sie darauf ansprach. „Spinnst du?" Ich solle mir gefälligst für diese Zwecke ein anderes Trampeltier aussuchen.

Notgedrungen nahm ich ihr Versöhnungsangebot an, mich von ihr durch die Stadt kutschieren zu lassen.

Im Nachhinein betrachtet war ihr Vorschlag sinnvoll gewesen. Immerhin waren wir von Freitag bis Sonntag fast 200 Kilometer quer durch Aachen gefahren, von Laurensberg bis Eilendorf, von Kornelimünster bis nach Vaalserquartier.

Unsere Erlebnisse bei den verschiedenen Sitzungen waren vielfältig. Von uneingeschränkter Zustimmung bis zur schroffen Ablehnung reichte die Meinungsskala der Sitzungspräsidenten und Vereinsvorstände, wenn wir sie auf die Spendenaktion ansprachen. Manch einer hatte sogar noch nichts davon gehört oder tat jedenfalls so, als sei ihm diese Aktion vollkommen fremd und neu.

Den Gipfel der Unverfrorenheit erklomm ein vermeintlicher Öcher Narr, der allen Ernstes behauptete, ihm sei von einer Entführung von Lennet Kann nichts bekannt.

„Das ist doch nur ein billiger Trick von Ihnen, um umsonst in unsere Sitzung zu kommen", meckerte er mich hämisch an.

Nur mit Mühe konnte Sabine mich zurückhalten, sonst hätte ich dem unverschämten Kerl vielleicht noch eine gelangt.

Etliche Gesellschaften, wie etwa die „Öcher Penn", die „Löstigen Haarbachtalerinnen" oder die „Öcher Duemjroefe", machten während ihrer Sitzungen auf die Entführung aufmerksam und ließen Sektkübel umherreichen, um Spenden zu sammeln, die sie ihrer eigenen hinzufügen wollten.

Andere Gesellschaften lehnten hingegen schroff jede müde Mark als Spende ab. Man habe selbst kein Geld in der Vereinskasse, jammerten die Funktionäre. Die Einnahmen aus der Sitzung würden gerade einmal reichen, um die laufenden Ausgaben und Aufwandsentschädigungen der Sitzung und der Session zu decken.

Auch bei den Besuchern stieß der Spendenaufruf auf unterschiedliche Resonanz. Manch Öcher Senior ließ einen Schein springen, viele junge Narrenfreunde lehnten mit geheucheltem Bedauern einen Beitrag zum Lösegeld ab. Das Leben sei schwer, jeder müsse für sich selber sorgen und trage das Risiko, entführt zu werden. Sein

Pech, wenn Lennet Kann krepiert, sagte mir ein arroganter Yuppie hochnäsig ins Gesicht.

Und wieder hatte Sabine alle Hände voll zu tun, um mich zu beruhigen.

Nicht anders als die Funktionäre oder Besucher verhielten sich viele Büttenredner, Stimmungssänger oder Tänzer. Vornehmlich die auswärtigen tippten sich nur an die Stirn, als sie um zehn Prozent ihrer Gage gebeten wurden. Stolz glaubte der Öcher Karneval auf seine großen Stars zu sein. Sie gaben zum Teil die komplette Gage eines Auftrittes an diesem Wochenende; was sich so schön anhörte, bedeutete im Prinzip bei zehn Auftritten auch zehn Prozent. Aber immerhin freute mich ihr selbstverständliches „Wir machen mit!" bei den vielen Enttäuschungen, die ich einstecken musste.

„Was kommt denn zusammen? Was meinst du?", fragte mich Sabine, als wir am Sonntag nach getaner Arbeit übermüdet in ihrem Appartement saßen.

„Ich weiß es beim besten Willen nicht", antwortete ich, „aber ich glaube nicht, dass die Summe ausreicht. Vielleicht sind's 100.000 Mark." Die Höhe der Summe war mir eigentlich einerlei. Ich hatte an diesem Wochenende das Gefühl gewonnen, dass den meisten Karnevalisten das Schicksal von Lennet Kann ziemlich gleich war. Mehr lustlos als engagiert hatte man den Spendenappell aufgenommen, sah ich einmal von den wenigen löblichen Ausnahmen ab.

„Der arrogante Arsch in Burtscheid hat noch nicht einmal Unrecht", sagte ich nachdenklich. „Sein Pech, wenn er krepiert, ist wohl die momentane Devise."

„Und mein Pech ist, dass ich verheiratet bin", seufzte Sabine. Sie umarmte mich kurz und verschwand in ihrem Schlafzimmer.

Die Schlagzeile in der Aachener Zeitung vom Dienstag belehrte mich eines Besseren: „Für Lennet Kann 63.565 Mark". Wie mein Freund, der AZ-Reporter, schrieb, sei am Montagabend dieser Betrag auf dem Spendenkonto festgestellt worden. Wie viel davon aus den Sitzungen stammte und wie viel private Spender zusammenge-bracht hatten, ließ er offen. Und auch auf die abschlie-ßende Frage gab er keine Antwort: „Was wird jetzt aus Lennet Kann?"

Ob da jede Gesellschaft das Geld auch überwiesen hat? Sabine vermutete, dass mancher Vereinschef die Spende in die eigene Tasche gesteckt haben könnte.

„Das glaube ich nicht", erwiderte ich. Es ließe sich ja an den Einzahlungen nachweisen, wer was gespendet hat. Bei einer Recherche kämen die schwarzen Schafe be-stimmt raus.

„Das ist doch letztlich auch egal", mischte sich Dieter ein, der mit der Zeitung in der Hand durch mein Büro lief. „Fakt ist, dass der Betrag sehr gering ist und nicht als Lösegeld ausreicht." Nachdenklich wanderte er weiter um meinen Schreibtisch herum. Endlich blieb er stehen und sah mich fragend an: „Was wird jetzt aus Lennet Kann?"

„Bin ich Hellseher, oder was?" Auf Dieters Frage wusste ich keine direkte Antwort. „Das müssen doch wohl die Entführer entscheiden und nicht wir." Ich ärgerte mich über meinen Freund, ohne zu wissen, warum. Er hatte im Prinzip ja leider Recht. „Welche Spuren verfolgen denn deine Freunde von der Polizei?", fragte ich ihn aggressiv.

„Woher soll ich das wissen?", schnauzte Dieter zurück. „Die werden mir garantiert nichts sagen. Die sagen dir ja auch nichts."

Jetzt musste ich aufpassen. Es fehlte nicht mehr viel und wir würden uns gewaltig in die Haare bekommen.

„Wir müssen halt warten", schlug ich einen versöhnlichen Tonfall ein. „Wir können einfach nicht aktiv werden. Oder doch?", fragte ich eher mich als Dieter. Mir kam ein Gedanke.

„Was ist, wenn wir öffentlich erklären, dass wir unsere Vermittlertätigkeit einstellen, etwa, weil wir enttäuscht sind über die geringe Solidarität der Karnevalisten?"

Dieter schüttelte nur den Kopf. „Das bringt doch nichts. Dann wird uns später sogar noch vorgeworfen, wir seien mitursächlich, wenn Lennet Kann nicht mehr auftauchen sollte. Du musst schon notgedrungen deine Rolle weiter spielen, Tobias."

Wir schwiegen uns an, in keiner Weise motiviert, irgendetwas zu machen. Wir hockten lustlos in den Sesseln und wären wahrscheinlich irgendwann einmal vor lauter Nichtstun ermüdet eingeschlafen, wenn uns nicht das Telefon aus unserem Dämmerzustand gerissen hätte.

Sabine stellte kommentarlos das Gespräch durch, nachdem ich mich gemeldet hatte.

110

Ich kam gerade noch dazu, mein „Grundler" zu murmeln, als ich auch schon den scharfen Befehl hörte. „In 15 Minuten, Kaiserplatz, Zelle drei!" Und schon war das Gespräch beendet.

„Kommst du mit?", fragte ich meinen Chef, während ich mich aus meinem Schreibtischsessel quälte. „Ich habe wieder ein Telefonrendezvous mit den Kidnappern."

Doch er winkte schlapp ab.

Ich musste mich beeilen, um zum angegebenen Zeitpunkt am angegebenen Ort zu sein. Aus der Erfahrung der ersten Kontaktaufnahmen hatte ich mittlerweile die Erkenntnis gezogen, dass es sinnvoll war, einige Minuten vor der Zeit anzukommen. Es war immer noch besser, kurz in der kalten Zelle zu frieren als lange wartend davor. Außerdem konnte ich nicht wissen, ob mein neuer Freund noch einmal eine derart lange Verzögerung wie im Hauptbahnhof akzeptieren würde.

Auf die Minute genau klingelte es. Ich nahm ab und fragte, ohne mich zu melden: „Warum heute schon und nicht erst am Donnerstag?"

Eine Antwort erhielt ich nicht. Vielmehr wurde das Gespräch durch Auflegen des Hörers am anderen Ende der Leitung beendet.

Verunsichert blieb ich noch einige Minuten vor dem stummen Telefon stehen und ging dann zurück zur Kanzlei, nachdem mir die Stille zu viel geworden war.

Dieter hockte immer noch lustlos in meinem Zimmer herum. Mit dem war heute wohl überhaupt nichts anzufangen, sagte ich mir.

Ich hatte gerade an meinem Schreibtisch Platz genommen, als Sabine erneut ein Telefonat durchstellte. Wieder hörte ich den Befehl: „In 15 Minuten am Kaiserplatz, Zelle drei. Übrigens", ergänzte die Ekelpocke von Kidnapper, „wir stellen hier die Fragen, nicht Sie."

Erneut machte ich mich zu Fuß auf den Weg und bezog Stellung. Artig meldete ich mich mit meinem Namen, als endlich das Telefon klingelte.

„Warum nicht gleich so?", lobte mich der Gauner. „Folgendes", sagte er mir, „wir wollen am Samstag die 250.000 Mark in gebrauchten Hundertern und die Tabletten für Lennet Kann für eine Zeitdauer von vier Wochen. Sorgen Sie dafür, Herr Grundler!"

„Ich habe das Geld nicht", wandte ich ein.

„Dann besorgen Sie es sich", erwiderte er. „Geht es Schulz junior gut?"

Mein Kommandeur schien heute keinerlei Lust an einer Plauderstunde zu haben. „Bis Donnerstag", sagte er noch und legte dann auf.

Langsam trottete ich ins Büro zurück, wo mich der müde Dieter erwartete. „Was ist los?"

Knapp schilderte ich die Fakten, die bei meinem Chef unruhige Reaktion hervorriefen. Dieter rang sich ein gequältes Lächeln ab.

„Die sind total abgezockt. Die machen mit uns, was sie wollen."

Unser Gespräch wurde durch ein Telefonat für Dieter unterbrochen. Er hörte nur zu und sagte dann bedächtig: „Das habe ich mir bereits gedacht."

„Was?" Ich wurde stutzig. „Was hast du dir bereits gedacht?" Sein Tonfall hatte mich aufmerksam werden lassen.

Dieter sah mir offen ins Gesicht. „Ich habe die Kripo über deine Botengänge informiert. Man hat mal wieder eine Fangschaltung versucht, aber ist nur zu einem schon angenommenen Ergebnis gekommen. Die Kidnapper haben erneut aus einer Telefonzelle angerufen."

Mich verblüffte weniger das Ergebnis, als das Handeln von Dieter und der Kripo. „Dann war das also heute nicht das erste Mal, dass du meine Kontaktaufnahme gemeldet hast?", wollte ich wissen.

„Nein", bekannte Dieter ehrlich. „Auch am Hauptbahnhof wurde eine Fangschaltung versucht."

„Und ihr seid ebenfalls auf eine Telefonzelle getroffen, nicht wahr?"

Mein Freund nickte bestätigend. „So kriegen wir die Gauner natürlich nie", ergänzte er. Er grinste verlegen.

„Weißt du eigentlich, dass es allein im Ortsnetz Aachen der Telekom rund 200 anrufbare Telefonzellen gibt?" Da stünde mir vielleicht noch so manche Wanderung bevor.

Doch stand mir heute nicht der Sinn nach einem derartigen Humor. „Warum schnüffelst du mir eigentlich nach. Warum hetzt du die Kripo auf mich?"

Dieter widersprach vehement: „Ich hetzte niemanden auf dich. Ich unterstütze nur die Suche nach den Entführern. Es ist bestimmt nicht schlecht, wenn die Kripo operieren kann, ohne dass du direkt an ihren Aktionen beteiligt bist. Ihr ergänzt euch vielleicht."

So etwas hatte ich schon einmal gehört, erinnerte ich mich. Wahrscheinlich kochte jeder sein eigenes Süppchen und würde sich lobhudeln lassen, wenn die Entführung glimpflich beendet war. Wenn's schiefgehen sollte, hatte man ja immer noch seinen Sündenbock. Da würde sich der Schreiberling genauso auf mich stürzen wie die Polizei.

Nach dem Zwischenfall mit Tobi wollte Schulz alle Möglichkeiten ausnutzen.

„Na, ja." Scheinbar zähneknirschend nahm ich ihm die Argumentation ab. Wenn es nicht um ein Menschenleben gehen würde, hätte ich bestimmt aggressiver reagiert. Sicherlich hätten wir uns lange darüber streiten können, ob es sinnvoller sei, alle Kräfte zu bündeln oder mich alleine wurschteln zu lassen und im Hintergrund zu beobachten.

„Übrigens sind die 250.000 Mark auch sicher, mein Freund." Dieter hatte sich schwerfällig aus dem Besuchersessel erhoben. „Ich werde den fehlenden Betrag vorstrecken."

„Warum das denn?" Die Frage war eigentlich blöd. Wahrscheinlich hätte ich genauso reagiert. Wer garantierte Schulz, dass man sich nicht noch einmal an seinem Sohn vergriff?

„Damit du Futter bekommst", antwortete er mit spitzen Lippen. „Wir dürfen doch die Spur nicht verlieren. Es kann uns doch nur nützen, wenn du noch mehr Kontakt zu den Kidnappern bekommst."

Eine Bitte lag Dieter noch auf dem Herzen: „Verrate niemandem, vom wem der Restbetrag ist. Auch der Zeitung nicht."

Am Abend erdreistete sich der AZ-Reporter tatsächlich wieder, mich anzurufen. „Na, wie sieht's denn aus?", fragte er mich jovial.

Mit einem Blick aus dem Fenster antwortete ich einsilbig: „Düster."

„Was macht denn die Kontaktaufnahme?", wollte er wissen, ohne weiter auf meine Erwiderung einzugehen.

„Es gibt keine", behauptete ich.

„Ach, so." Der Reporter blieb für eine kurze Weile stumm. „Wie soll es denn weitergehen?", fragte er schließlich.

„Das weiß ich doch nicht", antwortete ich kurz angebunden.

Wieder schwieg der Journalist.

Diesmal nutzte ich seine Denkpause aus. „Wie viel Geld gibt es inzwischen?"

„Rund 90.000 Mark", sagte er mir, „nicht gerade viel."

Aber doch wenigstens etwas, dachte ich mir, ohne den Schreiberling darüber aufzuklären.

Mir kam ein Gedanke. „Rufen die Kidnapper eigentlich Sie auch an?", fragte ich den Journalisten, der offensichtlich über die Frage nicht gerade glücklich war.

Er druckste herum. Im Laufe eines Tages bekäme er viele Anrufe, sagte er, darunter seien sicherlich auch viele, die ihm Informationen über die Entführung lieferten. Die

Quellen seiner Informationen könne er mir aber nicht nennen.

„Arbeiten Sie denn mit der Kripo zusammen?"

Wieder musste der Reporter schlucken, auch diese Frage behagte ihm nicht. „Ich möchte Ihnen über meine Kontakte und Arbeitsmethoden nichts sagen, Herr Grundler. Sie können aber sicher sein, dass ich ebenso wie Sie Lennet Kann lebend wiedersehen möchte." Er hatte es eilig, das Telefonat zu beenden.

Ein Spiel mit offenen Karten spielte er anscheinend nicht mit mir, hatte ich im Gefühl. Aber ich musste zugleich zugeben, dass auch ich meine Karten ihm gegenüber verdeckt hielt. Ich traute dem Schreiberling nicht so recht über den Weg.

„Wo kann ich das Geld abholen? Wie bekomme ich die Tabletten?", fragte ich unvermittelt. So schnell, wie von dem Reporter gewünscht, wollte ich das Gespräch nicht enden lassen.

„Warum brauchen Sie das Geld und die Medikamente?", kam prompt die Gegenfrage, die meine prompte Antwort zur Folge hatte: „Weil ich das Geld und die Tabletten brauche, um Lennet Kann freizubekommen, das sollten Sie eigentlich wissen!"

Bevor der Journalist auf eigene Gedanken kommen konnte, fuhr ich fort: „Ich weiß nicht, wie ich das schaffe, ich weiß nicht, wann ich das schaffe. Ich weiß nur, dass ich es schaffe. Und ich möchte für den Fall gerüstet sein, dass ich binnen weniger Minuten die Forderungen der Entführer erfüllen muss. Also sorgen Sie dafür, dass ich das Geld und die Tabletten schnellst möglich bekomme!"

Ich nannte ihm eine Kontonummer unserer Kanzlei bei der Stadtsparkasse. „Darauf überweisen Sie morgen früh alles Geld." Die Tabletten solle er gefälligst in der Geschäftsstelle des Zeitungsverlags an der Theaterstraße deponieren. Ich würde sie dort abholen. „Einverstanden?"

Der Journalist wollte vielleicht protestieren, wie ich seinem Zaudern entnahm, doch ließ er es bleiben. „Einverstanden", sagte er, „aber nur, wenn Sie mich auf dem Laufenden halten."

Das täte ich doch immer, erwiderte ich ausgesprochen höflich. Aber so recht glauben wollten wir es wohl beide nicht.

Trotz des Unbehagens gegenüber dem Schreiberling war ich durchaus zufrieden. Immerhin hatte ich schon 90.000 Mark. Da blieben für Dieter 160.000 Mark. Er würde das Vorstrecken oder Ausleihen des Geldes schon irgendwie verkraften können. Da war ich mir als unsere Finanzverwaltung ziemlich sicher.

Tierisch ernst

Die Kidnapper machten es gnädig, als sie mich am Donnerstag auf den Weg schickten.

„Telefonzelle am Theaterplatz vor Teppich Rottmann, sofort!", so lautete der in der Kanzlei entgegengenommene, knappe Befehl.

Wegen der Kürze der Zeit verzichtete Dieter diesmal darauf, die Kripo einzuschalten. „Du bist zurück, ehe die Telekom die Zelle präpariert hat."

Zwar war ich schnell am Theaterplatz, doch musste ich mich vor der Zelle lange gedulden, weil eine junge Frau aufgeregt und lange telefonierte. Wie ich unfreiwillig mitbekam, hatte ihr der Freund wohl den Laufpass gegeben, und sie wollte seine Entscheidung nicht akzeptieren. Schließlich beendete sie tränenüberströmt das unergiebige Gespräch und überließ mir den angefeuchteten, warmen Hörer.

Allem Anschein nach hatten die Kidnapper nur auf das Freizeichen gewartet. Es klingelte, kaum dass ich mit dem hübschen Mädchen den Platz gewechselt hatte.

„Grundler."

„Besorgen Sie sich eine Karte für die Sitzung am Samstag im Eurogress und bringen Sie das Geld und die Tabletten mit!" Und schon war das Gespräch wieder beendet mit der Bemerkung: „Wir melden uns morgen wieder."

„Welche Sitzung gibt es denn am Samstag im Eurogress?", fragte ich Sabine und Dieter, die sich desinteressiert meinen Erlebnisbericht über die junge, schmachtende und verlassene Frau anhören mussten.

„Du bist und bleibst ein Banause, Tobias", stöhnte mein Chef auf.

Sabine hingegen lachte und zeigte mir die Grübchen, die so niedlich sind. „Du Karnevalsnarr, am Samstag gibt es im Eurogress doch den Höhepunkt der Session, die Sitzung *Wider den tierischen Ernst*."

118

„Ach, so", murmelte ich nur. Das war doch die Sitzung mit den vielen Rittern. „Wen erwischt es denn diesmal beim närrischen Ritterschlag?"

Dieter mimte den Entsetzten angesichts meiner offenkundigen Ignoranz.

Sabine spielte mein Spiel mit dem erforderlichen Ernst mit. „In diesem Jahr ist der Innenminister dran", klärte mich meine Sekretärin auf. „Der bekommt den Orden, weil er der einzige Bundesbürger ist, der immer nur bei Grün über eine ganz bestimmte Fußgängerampel geht."

Jetzt verstand ich nichts mehr. „Dann ist der doch gerade tierisch ernst", sagte ich spontan. Welcher normale Steuerzahler hielt sich denn schon immer an alle Verkehrsregeln.

„Eben nicht", schaltete sich Dieter in die Unterhaltung ein. „Der hat diese Fußgängerampel nämlich auf dem Flur vor seinem Dienstzimmer im Ministerium aufgebaut. Weil er Rot nicht mag, drückt er immerzu darauf, wenn er vorbeikommt. Gelb duldet er zwar noch, aber Grün ist ihm am liebsten. Diese politische Farbe ist ihm genehm, dem Herrn Minister. Deshalb lautet sein Slogan ja auch: „Freie Fahrt für Grün!"

Das verstehe, wer will. Ich kapierte das Possenspiel nicht. Der Mann schien wirklich einen ungewöhnlichen, skurrilen Humor zu haben, befand ich. „Dann passt der ja doch in den elitären Aachener Narrenhaufen."

Ein Problemchen gab es noch: „Wie komme ich an eine Eintrittskarte?", fragte ich, „die Sitzung ist bekanntlich ausverkauft."

Das war die richtige Beschäftigung für Sabine. „Kein Problem für mich", behauptete sie souverän. „Du bekommst garantiert deine Karte."

Plötzlich fing sie schallend an zu lachen und irritierte mich damit vollends, zumal auch Dieter ein mehr als süffisantes Grinsen aufgesetzt hatte.

„Was ist los?"

„Hast du eigentlich einen Smoking oder zumindestens einen dunklen Anzug, Hemd und Fliege?", fragte sie mich überflüssigerweise. Denn selbstverständlich hatte ich nichts von alledem, was Sabine auch wusste. „Ansonsten kommst du nämlich nicht rein in den Saal. Da gibt es einen strengen Bekleidungszwang."

Mir sträubten sich die Nackenhaare. Das hatte mir noch gefehlt; ich mit Smoking und Fliege. Das war schon fast ein Grund, die Aktion abzublasen.

„Du spinnst wohl", sagte ich erschrocken. Ich hätte Jeans und Sweatshirt und ich wäre im Dienst, erklärte ich, das müsse der Sitzungspräsident akzeptieren.

„Tut er aber nicht", behaupteten Sabine und Dieter gleichermaßen. „Du musst schon einen Anzug tragen. Der AKV lässt dich nicht hinein in deinem Räuberzivil."

Hilfesuchend wandte ich mich an Do, die nach einem Einkaufsbummel in die Kanzlei zum Aufwärmen gekommen war. Aber auch sie als letzte Instanz fiel mir in den Rücken.

„Da kommst du nicht herum, mein Bester", sagte sie mit einem unverschämten, betörenden Lächeln. „Die Klamotten kannst du dir ja von Dieter leihen", schlug sie zum Verdruss ihres Gatten vor.

120

„Und die Eintrittskarte hat dir bereits der Reporter der Aachener Zeitung besorgt", fügte Sabine selbstzufrieden und zu meinem Unmut hinzu.

„Du siehst, es wird alles getan, damit du deine Aufgabe erfüllen kannst", meinte Dieter unbedingt sagen zu müssen.

„Warum gehst du denn nicht?", fragte ich ihn. „Du bist doch der Boss hier in diesem Stall und es ist doch auch dein Geld."

Dieter zuckte erschrocken zusammen, aber offenbar hatten weder Do noch Sabine meine Bemerkung ernst genommen.

„Halte bloß die Schnauze!", raunzte Dieter mir zornig zu. „Do weiß es nicht und braucht es auch nicht zu wissen." Laut sagte er im Befehlston: „Du gehst, und damit basta!" Da blieb nichts weiter zu sagen. Mithin würde Dieters Smoking mit mir das Vergnügen haben, ins Eurogress und vielleicht sogar ins Fernsehen zu kommen. Angeblich würden viele Besucher nur deshalb die angeblich horrenden Preise für die angeblich noch nicht einmal so besonders gute Sitzung bezahlen, weil sie hofften, vielleicht vor die Linse einer Fernsehkamera zu geraten. Spitze Zungen lästerten sogar, nie würden in Aachen so viele Videorecorder und Videokassetten gekauft wie vor der Sitzung *Wider den tierischen Ernst*. Es machte sich immer gut, der Nachwelt beweisen zu können, dass man einmal im Fernsehen zu sehen war.

„Haben Sie das Geld zusammen und die Tabletten?" Ich bejahte die Frage der Entführer, die mich am Freitagmor-

121

gen zum Postamt im Hauptbahnhof beordert hatten. „Stecken Sie es in einen Jutebeutel von Greenpeace und tragen Sie diesen Beutel gut sichtbar bei der Sitzung mit sich!"

Ich hatte diesen Befehl noch nicht verdaut, da kam die nächste Frage: „Wo sind Sie morgen zu erreichen?"

„Bei mir", antwortete ich, ohne zu überlegen und kam nicht mehr dazu, die Antwort zu ändern. Denn der Entführer hatte bereits aufgelegt.

Kein Problem schien es zu sein, die 250.000 Mark in gebrauchten 100-Mark-Scheinen zu erhalten. Dieter wollte sich darum kümmern. Das ginge klar, hatte ihm ein Vorstandsmitglied der Bank versichert. Die Scheine würden leicht und locker in eine Plastiktüte passen. Ich selbst hatte keinerlei Vorstellung, wie groß das Paket der Hunderter sein würde.

„Geht die Spendenaktion eigentlich weiter?", wollte ich am Abend vom AZ-Reporter wissen.

Er bejahte, bekannte aber zugleich, dass die Spenden mehr als kärglich flossen. „Da sind die Bearbeitungsgebühren höher als die Einnahmen", beklagte er.

Die große Sitzung im Eurogress sei wohl optimal für eine Sammlung, meinte ich. Da wäre doch etwas los, da säße doch das richtige Publikum mit dem entsprechenden Bargeld in der Tasche.

„Schon", sagte der Journalist verlegen, „aber ganz so einfach ist das nun auch nicht."

„Wieso?"

„Die wollen nicht", klärte mich der Schreiberling schließlich auf. „Die Sitzung sei für einen Spendenaufruf ungeeignet, haben mir die Organisatoren signalisiert." Man könne doch nicht bundesweit darauf hinweisen, dass die Aachener Karnevalisten bisher nicht in der Lage waren, das Lösegeld aufzubringen. „Was sollen denn die Menschen von uns Aachenern denken?"

Das war ja schier unfassbar und für mich nicht nachvollziehbar. „Das ist ja ein tierisch ernstes Problem", sagte ich ironisch, „ich finde es peinlich, wenn ausgerechnet auf dieser Prunksitzung nichts für Lennet Kann getan werden soll und gleichzeitig von den Oberen des Aachener Karnevals bei den kleinen Gesellschaften an die Solidarität appelliert wird."

Da werde wohl mit zweierlei Maß gemessen, behauptete ich.

Karneval sei eben nicht gleich Karneval. Nach außen werde eine heile Öcher Narrenwelt verkauft, musste mir der Journalist notgedrungen beipflichten. Der AKV habe sogar den ursprünglich geplanten Auftritts eines anderen Lennet-Kann-Interpreten aus dem Programm genommen, um überhaupt nicht erst einen Gedanken an die Entführung aufkommen zu lassen.

„Diese Sitzung ist das unverwechselbare Markenzeichen des Aachener Frohsinns, da kann man nicht mit dem tragischen Entführungsfall kommen", zitierte der Schreiberling einen Funktionär.

„Haben Sie die 250.000 Mark zusammen?", wechselte er das Thema.

123

Ich bestätigte und fügte hinzu, dass inzwischen auch die Tabletten in meinem Besitz waren.

Das größte Kopfzerbrechen hatte mir noch das Beschaffen des von den Kidnappern gewünschten Jutebeutels bereitet. Aber auch diese Aufgabe hatte die findige Sabine souverän gemeistert.

„Dann sehen wir uns also morgen", meinte der Journalist zum Abschied.

„Ich glaube nicht", erwiderte ich. „Sie werden mich garantiert nicht erkennen." Mit Grauen dachte ich an meine Kostümierung. Der Smoking und die Fliege waren zweifelsohne der bisherige Höhepunkt meiner Bevormundung.

Den Freitagabend verbrachte ich mit Sabine beim Griechen. Schon früh gingen wir in meine Wohnung und spielten noch eine Partie Rommé. Es fiel mir vor dem Schlafengehen schwer, mich aus der zärtlichen Umarmung meiner Sekretärin zu lösen.

„Nicht mehr lange", tröstete sie uns. „Bald ist die Scheidung durch."

„Wieso?", fragte ich überrascht. Ich hatte mich überhaupt nicht mehr um diese Angelegenheit gekümmert und hatte offensichtlich die Entwicklung verschlafen.

„Dein Chef, mein Schwager, hat mit seinem Schwager, meinem Noch-Gatten, einen Deal ausgehandelt. Mein Macker stimmt schleunigst der Scheidung zu, im Gegenzug ziehen wir die Anzeigen zurück und verzichten auf eine Strafverfolgung. Jetzt kann es schnell gehen", frohlockte Sabine.

Mir ging die Scheidungsangelegenheit jetzt schon fast zu schnell, nun bestand die Gefahr, dass ich tatsächlich die Wette mit Dieter verlieren könnte. Aber das sagte ich Sabine besser nicht. Sie hätte garantiert kein Verständnis für mein Eigeninteresse gehabt.

„Dieter wird's schon richten", sagte ich nur und hauchte meiner Holden einen leichten Kuss auf die Stirn.

Schnell kroch ich unter die Decken auf meiner Wohnzimmercouch und übte für meine Beerdigung. Gerade auf dem Rücken liegend und die Hände vor dem Bauch verschränkt, versuchte ich, einzuschlafen.

Sabine meinte es am Samstagmorgen gut mit mir. Sie hatte Brötchen geholt und den Frühstückstisch gedeckt, ehe sie mich weckte.

„Du siehst süß aus, wenn du schläfst, so brav und bieder, so unschuldig und unscheinbar", begrüßte sie mich strahlend.

Der Tag war jetzt schon gerettet. Ich fühlte mich zufrieden und ausgeruht. Nach dem Lob von Sabine konnte mich nichts mehr erschüttern. Es ging halt nichts über eine ausgeglichene Beziehung mit einem stabilen Gleichgewicht.

Da störte es mich auch nicht, dass das Telefon lange schwieg. Ich empfand das Warten auf den Anruf der Entführer nicht als nervend. Ich hatte mich an meinen Schreibtisch gesetzt, mir Stift und Papier genommen und schrieb an einer Geschichte über eine Weinprobe. Für mich war es beinahe schon wohltuend, endlich wieder einmal in die Schreibwelt versinken zu können und Muße

fürs Schreiben zu finden. Kaum hatte ich den Schluss-
punkt gesetzt, da klingelte fast zur Mittagszeit der Apparat.

„Ich weiß", sagte ich ruhig in den Hörer, „Templergraben,
Hauptgebäude, sofort!"

Der Kidnapper schaltete schnell. „Dann ist ja alles klar",
bestätigte er mir, und ich legte auf.

Gemächlich schlenderte ich auf die andere Straßenseite
und wartete gelassen vor dem Telefongerät. Mir war klar,
was kommen würde. Garantiert würde ich nicht den
Übergabeort oder die Übergabezeit erfahren. Den Entführern würde es wohl zunächst nur darum gehen, von
mir zu erfahren, dass alles bisher geklappt hatte.

Ich behielt Recht. In der Tat wollte der Unbekannte nur
bestätigt bekommen, dass meinerseits alles getan war. Es
wäre nicht gut für Lennet Kann, wenn die Übergabe fehl-
schlagen würde, warnte mich der Kidnapper. Er wurde
höflich und formell: „Ich möchte Sie bitten, im Eurogress
die Zelle drei in der Eingangshalle aufzusuchen, und zwar
zu dem Zeitpunkt, zu dem der neue Ordensritter seine
Rede beginnt", gab er mir als neue Anweisung mit.

„Schauen Sie bitte in Ihrem Briefkasten nach", schlug er
mir noch vor und beendete das Gespräch.

Einen einfachen, braunen Briefumschlag, der ein weiteres
Polaroidfoto von Lennet Kann enthielt, hatte in der Zwischenzeit jemand eingeworfen. Ich konnte mich nicht
daran erinnern, ob der Umschlag schon dort steckte, als
ich das Haus verlassen hatte. Doch war dies letztlich einerlei; jedenfalls zeigte das Foto, dass Lennet Kann noch
unter den Lebenden weilte, immerhin hielt er die heutige

Ausgabe der Aachener Nachrichten in den Händen. Der Senior sah nicht gerade genervt aus, er blickte zwar betrübt in die Kamera, schien ansonsten aber gesund und gut dabei. Offenbar pflegten die Entführer ihre Melkkuh gut.

Zu Dieter, der mit seinem Smoking samt Zubehör sowie dem Geld bei mir vorbeischaute, meinte ich nur, nachdem ich ihn informiert hatte: „Du musst wissen, ob du die Kripo ins Spiel bringen willst oder nicht. Ich lege keinen Wert darauf."
„Die wissen doch längst Bescheid wegen heute Abend", klärte mich mein Freund auf. „Ich weiß zwar nicht, woher, aber sie wissen Bescheid."
Ich hätte Dieter aufklären können, aber ich ließ es sein. ‚Der Journalist konnte ja wohl auch zwei und zwei zusammenzählen', vermutete ich.

Bedächtig, und doch konzentriert, machte ich mich am frühen Abend auf den Weg zum Eurogress. Sabine hatte sich zwar angeboten, mich zu fahren, doch hatte ich dankend abgelehnt mit der Bitte, sie möge in meiner Wohnung auf meine Rückkehr warten.
„Willst du tatsächlich so gehen?", hatte sie noch mit einem spöttischen Blick auf mein Erscheinungsbild gesagt.
Ich fand nichts Schlimmes daran, dass ich über den Smoking eine kurze Lederjacke gezogen hatte und den Greenpeace-Beutel mit dem Lösegeld in der Hand hielt.
Ich musste spitzenmäßig aussehen, sagte ich mir jedenfalls, als ich die vielen Blicke bemerkte, mit denen mich

vornehmlich die weiblichen Besucher im Eurogress musterten. Oder rümpfte man etwa die Nase, weil ich unpassendes Handgepäck bei mir hatte?

Schon bei der ersten Kontrolle im Vorfeld des Sitzungssaals wäre meine Mission beinahe schon beendet gewesen. Ein übereifriger Kontrolleur wollte mir energisch den Einlass verwehren. Die Mitnahme von Gegenständen jeglicher Art sei nicht gestattet, behauptete er. Ich müsse den Jutebeutel zurück zu meinem Fahrzeug bringen oder gefälligst an der Garderobe abgeben.

Beide Möglichkeiten kamen nach meiner Auffassung nicht in Betracht. Zum einen war ich zu Fuß unterwegs, zum anderen wollte ich die 250.000 Mark nicht unbedingt aus den Augen lassen.

Notgedrungen fing ich einen lautstarken Disput mit dem Kontrolleur an, der zwangsläufig zur Folge hatte, dass sich alle anderen Menschen in der Umgebung für uns interessierten. Schnell waren zwei Polizeibeamten in Zivil zur Stelle und an meine Seite getreten und forderten mich höflich, aber bestimmt auf, ihnen in einen separaten Raum zu folgen.

Die Sicherheitsvorkehrungen waren in der Tat vortrefflich. Ins Eurogress kam heute keiner, der nicht dazu befugt war, hinein. Hier wurde unauffällig observiert, hier wurden Randalierer und sonstige missliebige Zeitgenossen aussortiert.

Ich war gespannt, wie die Entführer darauf reagieren würden.

Die Polizisten staunten nicht schlecht, als sie in meinem prallen Greenpeace-Jutebeute die losen Geldscheine fanden, die ich in mehrere Plastiktüten verpackt hatte. Es hätte nicht viel gefehlt und die eifrigen Schützer von Sicherheit und Ordnung hätten mich zur nächsten Wache geschleppt. Erst auf mein eindringliches Drängen riefen sie den Polizeipräsidenten herbei, der sich in einer Vermischung privater und beruflicher Gründe die Ordenssitzung nicht entgehen lassen wollte. Zu meiner Beruhigung konnte der graumelierte, elegante Senior im Smoking die beiden Ordnungshüter von meiner Harmlosigkeit und meiner ungewöhnlichen Aufgabe überzeugen.

„Ich finde das recht mutig von den Entführern, eine Lösegeldübergabe ausgerechnet im Eurogress durchzuführen, wo es doch hier vor Polizisten geradezu wimmelt", meinte ich zum Polizeichef, der aber abwinkte.

„Gerade in einem solchen Getümmel vieler Menschen ist es noch am leichtesten, unerkannt zu verschwinden. Wir können gar nicht alle Notausgänge, Fluchtwege und sonstigen Unterschlupfmöglichkeiten kontrollieren. Der Plan ist leider gut", urteilte er objektiv. „Auch die Vorgehensart hat etwas für sich. Die 250.000 Mark in den Hunderter-Scheinen lassen sich schneller unters Volks bringen als größere Geldscheine."

„Ist das Geld denn präpariert?", wollte ich wissen.

Der oberste Kriminalist zögerte zunächst, verneinte dann aber. „Das bringt doch gar nichts. Die behalten Lennet Kann weiter in ihren Fängen. Wer weiß, wie die reagieren würden, wenn sich das Geld auf einmal in Nichts auflöst?"

„Aber Sie haben die Scheinnummern registriert?"

„Das schon, es war zwar eine Heidenarbeit, doch wird es erfahrungsgemäß nicht viel nützen. Hunderter gibt es wie Sand am Meer und sie sind schnell eingetauscht." Erfahrungsgemäß entdeckte die Polizei die nummerierten Scheine in aller Regel erst dann, wenn sie wieder längere Zeit im Umlauf waren. „Damit erschrecken wir nur die Oma, die mit einem präparierten Schein das Geburtstagsgeschenk für ihren Enkel bezahlen will. Die hat dann den Schein aus ihrem Sparstrumpf gezogen und weiß nicht mehr, wie er da hinein gekommen ist."

„Gibt's denn sonst irgendeine Spur?" Ich wollte die Gelegenheit nicht ungenutzt lassen, von dem redseligen Polizeibosschef zusätzliche Informationen zu erhalten. ‚Der hatte nicht mehr allzu viele Dienstjahre auf dem Buckel', dachte ich mir. Er sah so gutmütig und hilfsbereit aus, der musste es einfach faustdick hinter den Ohren haben.

„Nicht viel", bekannte er freimütig. „Wir wissen nach unseren bisherigen Ermittlungen nur, wo Lennet Kann wahrscheinlich nicht ist."

Über diese wohlklingende Beschreibung der bislang erfolglosen Bemühungen der Polizei musste ich schmunzeln. Stadt und Kreis Aachen seien durchkämmt worden ebenso wie die Nachbarkreise Düren und Heinsberg. Auch in der tiefen Schneeeifel habe man keine Spur gefunden. Die Kollegen in Belgien und den Niederlanden hätten sich ebenfalls an der Suche nach dem Gefängnis von Lennet Kann beteiligt.

„Das ist die berühmte Suche nach der Nadel im Heuhaufen. Vielleicht hockt der Entführte 100 Meter von hier entfernt in einem Kellerraum, vielleicht hält man Lennet

Kann in einer Berghütte in den Pyrenäen gefangen." Damit übertrieb der Kriminalist zwar gewaltig, aber im Prinzip hatte er wohl Recht.

Bereitwillig geleitete er mich an allen misstrauischen Kontrollen vorbei in den großen, karnevalistisch geschmückten Europasaal und lenkte mich durch die engen Reihen zu meinem Platz im hinteren Drittel. Das Geschehen auf der Bühne würde ich bei dieser Entfernung nur mit einiger Mühe verfolgen können.

Die Rückenlehnen der Stühle standen so eng beieinander, dass Besucher und Kellner größte Mühe hatten, sich überhaupt durchzuzwängen. Das ging nur mit Rempeln, Stoßen und dauerndem Entschuldigen.

Der Blick ins Programmheft ließ meine Vorfreude auf die Sitzung nicht gerade wachsen. Erst in mehr als drei Stunden war mit dem Auftritt des gelb-grünen Ministers zu rechnen. Notgedrungen kauerte ich mich auf meinem kleinen Sitz zusammen und umklammerte den wertvollen Jutebeutel auf meinem Schoß. Die missmutigen Blicke meiner Tischnachbarn nahm ich gar nicht mehr wahr, wenn ich beim allgemeinen Schunkeln nicht mitmachte oder ich mir nicht die Hände wund klopfte bei Raketen und sonstigen Beifallsbekundungen.

Nun um das ständige Aufstehen kam ich nicht umhin. Als der Sitzungspräsident mit seinen Kellnerkollegen einmarschierte, als die Garde der Rittersleute in den Saal geleitet wurde, als der Öcher Prinz zur Bühne tanzte; immer wieder mussten wir uns alle Respekt erbietend von unseren Plätzen erheben. Wegen der Enge und des Stühlerü-

ckens war ich gezwungen, meine sitzende Position aufzugeben und steckte stehend so manchen Puff ein. Zu
allem Überfluss hatte mir ein ungelenker Flaschenservie-
rer beim Vorbeidrängeln noch ein Mineralwasser auf
Dieters Smoking gekippt. Seine verlegene Entschuldigung
nahm ich großmütig an, und ehe ich meine Gedanken
sortieren konnte, war er schon wieder aus meinem
Blickwinkel in der stehenden und klatschenden Men-
schenmasse verschwunden.

Mit beiden Händen hielt ich trotz allem den Jutebeutel
fest verschlossen.

„Darin ist mein Geschenk für den Ritter Theo", flüsterte
ich meiner eleganten, aber alten Nachbarin zu, die mich
neugierig gefragt hatte. Der brauche noch Geld für die
Staatskasse. Ich hätte hier 250.000 Mark, behauptete ich.
Die mit Schmuck überladene Seniorin glaubte mir allerdings nicht.

Viel konnte ich der Selbstbeweihräucherung des Aachener Narrentums nicht abgewinnen. Ich empfand es fast
schon als erschreckend peinlich, wie hier versucht wurde,
Aachen als das Zentrum des karnevalistischen Intellekts
darzustellen. Da nutzte es auch nichts, wenn alle vermeintlichen Witze oder angeblich gelungenen Wortspiele
mit einer Tuschorgie überzogen wurden. Es lag weniger
an der steigenden Qualität der Beiträge als vielmehr an
der wachsenden, zum Teil alkoholbedingten Ausgelas-
senheit des Publikums, dass die Stimmung immer besser
wurde. Die Einschätzung meiner Nachbarn untereinan-
der, diese Sitzung sei die beste seit vielen Jahren, konnte
ich mangels Vergleich nicht bestätigen. Ich konnte nur

einen laienhaften Vergleich mit meiner ersten Sitzung beim PSV anstellen und der fiel zugunsten der Sitzung bei Geulen aus. Die hatte etwas gehabt, was ich bei dieser Veranstaltung vermisste: Sie hatte viel mehr Volkstümlichkeit.

Ich konnte und wollte mit der bisweilen blasierten Narretei nichts anfangen und kam mir ausgesprochen blöd vor. ‚Aber konnte und wollte ich deshalb den anderen den Spaß nicht gönnen?', fragte ich mich in einem meiner seltenen Momente der Selbstbesinnung. Sollten die sich doch freuen, wenn sie wollten. Und wenn sie meinten, das Programm sei Spitzenklasse, dann sollten sie es ruhig glauben. Aber sie sollten mir wenigstens meine ablehnende Haltung lassen.

„Warum sind Sie denn eigentlich hier, wenn Sie sich nicht daran erfreuen können?", fragte mich mein Tischgegenüber.

Meine Anwesenheit sei beruflich bedingt, entgegnete ich ihm, und gleichzeitig läge meine Frau hochschwanger auf der Entbindungsstation.

Er äußerte daraufhin Verständnis und jubilierte weiter.

Ich hätte dem bunten Treiben vielleicht sogar noch etwas Gutes abgewinnen können, wenn nicht zu jeder sich bietenden Gelegenheit das Publikum „Norbert, Norbert" gerufen hätte. Dieser Schlachtruf überstieg nun wirklich meine begrenzte Aufnahmekapazität für Öcher Frohsinn. Was auch geschah, wer auch redete, was der Oberkellner auf der Bühne auch sagte, immer wieder gab es in den anschließenden Pausen den sehnsüchtigen Ruf nach Norbert. Man hätte auch August oder Constantin, Renate oder Gisela rufen können, aber nein, es hieß immer nur „Norbert, Norbert".

Der AKV hatte alles herankommen lassen, was den Erfolg der Sitzung garantieren sollte. Armin Halle parlierte, die Öcher Mäddchere und Jonge tanzten oder Nicole Malangre' sang, die Prinzengarde marschierte, Mullefluppet lästerte und schließlich betrat ein verschlafenes Männlein mit Schlafrock, Zipfelmütze, Nachttopf und Kerze die Bühne.

Der Jubel nahm kein Ende mehr. Norbert war aufgewacht und stand da; unser aller, kleiner Norbert, der in langen Versen die Laudatio auf den neuen Rittersbruder hielt. Er lobte den zukünftigen Narrenkollegen wegen dessen Ablehnung von Rot, grämte sich wegen dessen Vorliebe für Grün und plädierte für einen Wechsel auf Schwarz.

Nett war sie schon, diese Büttenrede, sagte ich mir, aber sie hätte noch besser in eine Wahlkampfveranstaltung gepasst. Doch dem Publikum war's egal, es rief begeistert immerzu sein „Norbert, Norbert".

Allmählich wurde mir die Zeit lang. Hoffentlich hatte Norberts Spuk bald ein Ende und schritt der neue Ritter in den Narrenkäfig, dachte ich mir. Ich sah mich nach dem Kellner um. Augenscheinlich hatte man die Bedienung gewechselt, denn statt des jungen kämpfte sich ein älteres Semester nach dem Wink auf mich zu. Wo denn sein junger Kollege geblieben sei, fragte ich ihn bedauernd. Es gebe keinen Kollegen hier, erhielt ich ungehalten zur Antwort. Er sei für die beiden Reihen, zwischen denen er stehe, zuständig.

Da müsse ich wohl Halluzinationen haben, entschuldigte ich mich und bestellte mein erstes Mineralwasser. Angestrengt blickte ich durch den Saal über die Köpfe der begeisterten Besucher hinweg, die wie gebannt an Norberts Lippen hingen. Ich sah viele Kellner, zum Teil am Rande des Saals stehend und auf Abruf wartend, zum Teil Tablett jonglierend durch die Reihen laufend. Aber ich fand nicht das Gesicht wieder, das mich versehentlich angerempelt hatte. Wahrscheinlich lief der junge Mann gerade in der Küche herum oder legte eine Zigarettenpause ein, vermutete ich.

Endlich war Norbert zum frenetisch gefeierten Ende seiner Laudatio gekommen und machte unter dem ohrenbetäubenden Jubel der Narren den Weg frei für den neuen Rittersmann. Mit großem Brimborium wurde der Innenminister angekündigt, von den Ordensrittern auf die Bühne begleitet und in den Narrenkäfig gesperrt.

Der große Auftritt konnte beginnen. Ich erhob mich und zwängte mich mit ständigen Entschuldigungen und zum großen Unverständnis fast aller Tischnachbarn aus dem Europasaal. Das Foyer war nahezu leer und still, den wenigen gelangweilt an Stehtischen stehenden Typen konnte ich ansehen, dass sie als Wachhunde, Mitarbeiter oder Chauffeure der Rittergilde ihr karges Leben fristeten.

Ohne Hast näherte ich mich dem Wandtelefon und brauchte nicht lange vor dem Gerät zu warten.

Es klingelte und es folgte nach meinem Abheben der knappe Befehl: „Gehen Sie bitte sofort in die Rezeption des Dorint-Hotels!"

135

„Sie meinen den Quellenhof?", fragte ich zu meiner Versicherung nach.

„Was denn sonst?", war die verärgerte Antwort, und schon war das Gespräch beendet.

Langsam schlenderte ich zum Ausgang und beobachtete dabei einen Mann mit Fotoapparat, der versuchte, mir unauffällig zu folgen, und der mir dadurch aufgefallen war, dass er sich alle Mühe gegeben hatte, nicht aufzufallen. Das hatte gerade noch gefehlt, dass ich jetzt die Presse am Hals hatte! Kurzerhand drehte ich mich um und ging auf den verunsicherten Knipser zu.

„Warum folgen Sie mir?", blaffte ich ihn an.

Das Männlein spielte den Ahnungslosen. Er wisse gar nicht, was ich wolle. Er sei Pressefotograf und mache gerade eine Pause.

Dann solle er seine Pause sinnvoll nutzen und nicht mir als Schnüffler nachlaufen, empfahl ich ihm.

„Verzieh' dich!", rief ich ihm zu und ging schnell durch die Drehtür nach draußen.

Durch die kalte Nacht lief ich zum Quellenhof und steuerte die Rezeption an, hinter der ein uniformierter Mitarbeiter interessiert in einer Zeitschrift blätterte. Er nahm zwar Notiz von mir, sah aber keine Veranlassung, mich nach meinen Wünschen zu fragen. Routiniert langte er zum Telefon und meldete sich. Erst jetzt blickte er mich interessiert an.

„Sind Sie Herr Grundler?", fragte er mich und hielt mir den Hörer hin, als ich bejahte.

„Das klappt ja bestens", sagte die mir schon vertraute Stimme des Unbekannten. „Greifen Sie bitte in die linke

Seitentasche Ihres Smokings und folgen Sie den Anweisungen, die Sie dort finden!"

Schon hatte der Unbekannte wieder aufgelegt. Neugierig griff ich in die Tasche und nestelte einen kleinen, zusammengefalteten Zettel mit einem Computerausdruck heraus.

„Lassen Sie die Tabletten im Treppenhaus auf der fünften Stufe von unten liegen und legen Sie den Beutel mit dem Geld sofort neben der Tür in der Damentoilette im ersten Stock des Hotels ab. Dann gehen Sie unverzüglich nach Hause", stand darauf geschrieben.

Ich sah mich um. Nur wenige Menschen standen in der Rezeption, niemand schien Notiz von mir zu nehmen. Es war auch nicht annähernd ein Gesicht dabei, das ich vielleicht irgendwo einmal gesehen hätte. Ruhigen Schrittes ging ich in die erste Etage, legte unterwegs die Tabletten ab, fand die Damentoilette direkt neben dem Notausgang und dem Aufzug, und deponierte dort meinen Beutel. Ich war allein auf dem Flur, ging zurück zur Rezeption und wollte dort von dem Mitarbeiter wissen, ob ich eine Namensliste der Hotelgäste bekommen könnte.

Natürlich lehnte er entrüstet ab. „Sie garantiert nicht", empörte er sich über mein Ansinnen, „allenfalls die Polizei bei kriminellen Handlungen."

Ich konnte ihm diese Einstellung nicht verübeln, er verhielt sich korrekt. Nachdenklich stand ich in der Rezeption. Sollte ich, wie befohlen, nach Hause gehen, sollte ich die Polizei alarmieren, sollte ich zurück ins Eurogress? Ich entschied mich dafür, im Eurogress mit dem Polizeipräsidenten über das Geschehen zu plaudern. Zuvor allerdings stiefelte ich wieder zur Damentoilette.

Der Beutel stand immer noch da! Hingegen fehlten die Tabletten, die ich auf der Treppe abgelegt hatte.

Irritiert ging ich zum Eurogress zurück und sah noch den Fotografen, der vor mir schnell davonlief.

Der Polizeipräsident zitterte vor Wut, als ich ihm vor dem Europasaal, in dem immer noch kräftig gefeiert wurde, über die Übergabeaktion unterrichtete. Er wollte mir sogar schon eine absichtliche Unterstützung einer kriminellen Vereinigung unterstellen, mäßigte sich aber in seiner Wortwahl, als Dieter scharf intervenierte. Einem Gefühl folgend hatte ich meinen Freund benachrichtigt und gebeten, beim Gespräch dabei zu sein.

Aus objektiver Sicht hatte ich meine Sache gut gemacht, daran gab es für mich keinen Zweifel. Den Vorwurf, die Polizei übergangen zu haben, ließ ich nicht auf mir sitzen.

„Sie hätten vielleicht durch Ihre Präsenz die Übergabe verhindert. Und dann?" Ich ließ die Frage unbeantwortet im Raum stehen. „Nein", sagte ich, „es ist schon besser, wenn die Entführer glauben, ich handele ausschließlich in ihrem Sinne." Ich sah den Polizisten an. „Ihre große Stunde kann erst kommen, wenn Lennet Kann frei ist oder wir wissen, wo wir ihn finden."

Aber wann diese große Stunde kommen würde, das stand jetzt mehr in den Sternen als je zuvor. Die Entführer hatten den Beutel nicht abgeholt. Die Polizei hatte das Geld sichergestellt und behandelte jetzt den Beutel mit einer Vorsicht, als befänden sich darin rohe Eier. ‚Das konnte ja noch heiter werden', dachte ich in einem Anflug von Ironie.

Etwas machte mir allerdings immer noch und immer mehr zu schaffen. Die Sache mit dem jungen Kellner ließ mich nicht los. Hatte der Typ mir etwa den Zettel in die Tasche bugsiert?

Und dann fiel mir das Gesicht wieder ein: Das gehörte zu dem Typen, der im Hauptbahnhof vor mir auf seinem Koffer sitzend an der Telefonzelle gewartet hatte.

‚Der gehörte zu den Kidnappern, der musste zu den Kidnappern gehören', dachte ich mir.

„Was ist, Tobias?" Dieter hatte meine Gedankenversunkenheit bemerkt.

„Nichts", wiegelte ich ab, „ich habe mir nur überlegt, wie es jetzt weitergehen soll. Aber ich bin mir noch nicht schlüssig."

Ein noch nicht einmal 40-jähriger, elegant gekleideter Hektiker, der sich als mein AZ-Reporter zu erkennen gab, war auf uns zugestürzt.

„Und?", fragte er atemlos.

„Was und?" Ich sah ihn verständnislos an.

„Hat die Übergabe geklappt?"

„Nein", gab ich freimütig zu, „und ohne Ihren Fotografen. Ich hatte ihn vorher weggescheucht."

Die Enttäuschung, die dem Journalisten ins Gesicht geschrieben stand, war nicht gespielt. „Was soll ich denn jetzt schreiben?"

„Sie schreiben gefälligst nichts, bitte", empfahl ich ihm, wobei ich genau wusste, dass er fast nicht umhin kam, irgendetwas über die misslungene Übergabe zu schreiben. Schließlich gehörte das auch zu seinem Beruf.

„Was hatte Ihr Fotograf eigentlich zu tun, außer sich so dumm anzustellen, dass er mir sofort auffiel?", fragte ich. „Oder war er auch bei der Sitzung im Einsatz?"

Er sei einzig und allein auf mich abgestellt gewesen, bekannte der Schreiberling zu meiner Verwunderung. „Der ist freiberuflich tätig und war froh, sich ein paar Mark zusätzlich verdienen zu können." Selbstverständlich würde ich alle Aufnahmen erhalten, die der Knipser von mir vor, während und nach der Sitzung gemacht habe. „Ich schicke sie sofort in die Kanzlei, wenn sie vorliegen", versprach der Reporter.

Ich beobachtete, wie der Polizeipräsident Dieter etwas ins Ohr flüsterte.

Mein Freund wurde blass und nickt kurz, ehe er zu mir kam.

„Was ist passiert?" Ich sah Dieter an, dass etwas nicht stimmte.

„Nichts Schlimmes, Tobias." Er legte mir den Arm um die Schulter. „Sabine hat eben einen Verkehrsunfall gehabt. Ihr ist Gott sei Dank nichts passiert. Nur der Polo ist angebeult."

„Wo ist sie?" Mir war von einem Moment zum anderen alles egal, was sich um mich herum abspielte. „Wo ist sie?"

„Bei dir zu Hause. Es geht ihr gut", versicherte Dieter.

Ich verschwendete keinen Gedanken mehr an die Geld-übergabe. Ich wollte nur weg von hier, ich wollte nur noch zum Templergraben.

Mit einem Dienstwagen wurde ich auf Staatskosten nach Hause gefahren, wo mir eine gelassene Sabine die Tür öffnete, als ich stürmisch klingelte.

„Reg' dich ab!", redete meine Freundin beruhigend auf mich ein. „Ich bin okay."

Ich atmete tief durch. „Was war denn los?"

Sabine setzte sich zu mir auf das Sofa. „Ich habe einen Anruf erhalten. Jemand sagte mir, ich solle dich am Eurogress abholen. Du hättest ihn darum gebeten, mich anzurufen."

„Und dann?" Ich konnte mir schon denken, was gesche-hen war und warum.

„Ich habe den Polo gerade aus der Parklücke auf die Fahrbahn bugsiert, da kommt mir ein großer, schwarzer Kastenwagen entgegen, der mich vorne rammt. Ehe ich kapierte, was eigentlich geschehen ist, war der Typ auch schon verschwunden." Sabine hatte sofort die Polizei alarmiert, aber der Unfallflüchtige war wohl längst über alle Berge.

„Das war Absicht", meinte Sabine, die offenbar den Unfall besser verdaute als ich.

Ich gab ihr Recht. „Das war Absicht, meine Liebe."

Der AZ-Reporter hielt erstaunlicherweise Wort. Schon am Montag konnten wir uns die Fotos ansehen, die der Fo-tograf im Eurogress gemacht hatte.

Ich war erschrocken, dass ich den Knipser nicht im Saal und erst so spät bemerkt hatte. Er war mir überhaupt nicht aufgefallen, als ich eingezwängt auf meinem Stuhl gesessen hatte. Wahrscheinlich hatte ich ihn nicht registriert, weil es zu viele Fotografen waren, die dort herumgeturnt hatten.

Neugierig flogen meine Augen über die schwarzweißen Abzüge, die mich meistens am Tisch sitzend zeigten. An einem Bild krallte ich mich fest, es war eine Aufnahme, die den vermeintlichen Kellner hinter mir zeigte. Zwar nicht im Vollprofil, aber doch zumindest teilweise und durchaus erkennbar, war das Gesicht getroffen. Meine letzten Zweifel wurden durch diese Aufnahme beseitigt: Das war der Mann vom Bahnhof.

„Kennst du den vielleicht?" Ich wies Dieter auf die Figur hin.

Er bedauerte: „Noch nie gesehen."

Ich bat ihn, er solle auf dem kurzen Dienstweg bei Polizei oder Staatsanwaltschaft wegen des Mannes nachfragen.

„Ich vermute, er gehört zum Kreis der Kidnapper", sagte ich ihm.

„Und wie ist er in den Saal gekommen?" Dieter hatte noch Zweifel.

„Vielleicht hatte er eine Eintrittskarte, vielleicht ist er gleich als Kellner durch alle Kontrollen gekommen, quasi als bewegliches Inventar. Die Kellner in ihren schwarzen Anzügen sehen doch genauso aus wie die meisten männlichen Besucher."

Dieter nahm meine Behauptung hin. „Ich kümmere mich sofort darum", versicherte er mir und zog mit der Fotografie ab.

Dieter hatte den richtigen Job, sagte ich mir einmal mehr. Der hatte mehr Zeit für das Vergnügen als für die Arbeit. Und die Arbeit ließ er größtenteils auch noch andere machen und dabei in nicht unerheblichem Umfang von meiner Wenigkeit.

Auf meinem Schreibtisch stapelten sich die Akten und Briefe. Ich hatte viel zu erledigen, so dass die Zeit im Fluge verging. Selbst über die Mittagszeit blieb ich an meinem Schreibtisch sitzen. Es war mir bislang nicht bewusst gewesen, dass ich wegen der Entführungsgeschichte die Arbeit in der Kanzlei etwas zurückgefahren hatte. Das Versäumte holte ich nun konzentriert nach, wobei ich zu meinem Erstaunen feststellte, dass keine Fristsachen zu erledigen waren. Üblicherweise mussten an jedem Tag Briefe geschrieben werden, die an eine bestimmte Frist gebunden waren.

„Die habe ich alle 'rausgefischt und selbst fertig gemacht", klärte mich Sabine auf, die mir zügig zur Hand ging. „Damit wollte ich dich nicht belasten."

„Du bist wohl scharf auf meinen Job?", neckte ich sie.

Doch sie lachte nur. „Ich will etwas ganz anderes."

Bevor ich das interessante Gespräch fortsetzen konnte, platzte Dieter ins Büro.

„Fehlanzeige", meldete er enttäuscht. „Der Typ ist den Ermittlungsbehörden unbekannt." Er wollte mir das Foto zurückgeben.

Aber Sabine war schneller. „Der sieht ja richtig gut aus", kommentierte sie nach ihrer Musterung.

„Wer?" Ich wurde unruhig. „Wer sieht gut aus?"

„Der Mann in dem Smoking, was denkst du denn? Der sieht ja wie ein richtiger Mensch aus." Mit einem spöttischen Lächeln reichte sie mir das Bild.

„Den Kellner habe ich übrigens auch schon einmal gesehen. In einer Kneipe mit meinem Göttergatten. Was ist mit dem?"

Dieter riss mir die Fotografie aus der Hand, drehte sich auf dem Absatz um und stürmte aus meinem Büro.

„Bis bald", rief er noch, „ich rufe dich an."

„Was ist mit dem?", wiederholte Sabine sich und sah mich mit großen Augen fragend an.

„Dieter wird wohl mit deinem Göttergatten einen Kneipenbummel machen", antwortete ich. „Du hast vielleicht die erste echte und heiße Spur bei der Entführung gefunden. Ich bin richtig stolz auf dich."

Ich stand auf und zog Sabine an mich. „Du bist halt die Beste."

Keine guten Nachrichten hatte der AZ-Schreiberling für mich, als er am Abend anrief. „Die Entführer sind ziemlich stinkig auf Sie", sagte er mir unverblümt. „Sie hätten sich nicht an die Anweisung gehalten. Sie seien nicht sofort nach Hause gegangen, wie befohlen." Wie der Journalist sagte, werde das Konsequenzen haben.

‚Die hatte es doch schon gegeben', dachte ich. Die Entführer steckten garantiert auch hinter dem Unfall von

Sabine. Damit haben sie mich und wahrscheinlich auch die anderen im Eurogress abgelenkt.

„Und welche?", fragte ich neugierig. „Da bin ich aber gespannt." Ich war mir keiner gravierenden Verfehlung bewusst. Ich hatte meinen Job an diesem Abend mit der Geldabgabe als beendet angesehen. Das lag doch nicht an mir, wenn die Entführer das Geld nicht mitnahmen. „Denen soll es egal sein, was ich anschließend gemacht habe."

„Ist es aber nicht. Sie hätten sich nicht dem Befehl entsprechend verhalten", schilderte der Reporter aus seinem Telefonat mit den Kidnappern.

„Och herrm", entfuhr es mir. Da stellte sich aber jemand mimosenhaft an. Ich maß der Drohgebärde keine allzu große Bedeutung zu und wechselte das Thema. „Haben die nach Ihrem Fotografen gefragt?"

Die verneinende Antwort des Schreiberlings machte mich zufrieden. Die Entführer hatten wohl nichts mitbekommen oder sie maßen dem Knipser nicht die Bedeutung zu wie ich.

Wieso ich danach fragte, wollte der Journalist neugierig wissen.

Aber ich wiegelte ab. Das sei nur so dahin gefragt, erklärte ich ihm.

Hinter mir hörte ich, wie jemand meine Zimmertür öffnete. Nach dem Öffnen der Tür musste es Dieter sein, der wohl einen Begleiter dabei hatte, wie ich den Gesprächsfetzen entnahm.

Schnell servierte ich den Reporter ab und bat ihn, das nächste Mal doch in die Kanzlei zu kommen. Von Angesicht zu Angesicht ließe es sich gewiss besser reden als am Telefon.

Wahrscheinlich würde er das Angebot nicht annehmen, vermutete ich. Der fühlte sich am Telefon sicherer. Aber vielleicht hatte ich ihn durch mein Angebot für einige Tage ruhiggestellt.

Der ungehobelte Flegel an Dieters Seite war mir wahrlich wohl bekannt. Es war Sabines Macker, den mein Freund mitgebracht hatte.

„Welche Überraschung", begrüßte ich ihn freundlich und bot ihm einen Platz in der Besucherecke an. Was er mir denn zu sagen hätte, wollte ich wissen, während ich ihm einen Kognak einschenkte.

„Nichts", erwiderte er teilnahmslos. Er sei nur mitgekommen, weil er dafür von Dr. Schulz 100 Mark bekommen hätte.

„Aus der Portokasse", fügte Dieter eilig hinzu. Mein strenger Blick hatte wohl zu einem schlechten Gewissen bei ihm geführt. „Ich habe ihn in seiner Wohnung angetroffen und zu uns eingeladen", sagte Dieter entwaffnend. „Das Geld ist für die Rückfahrt im Taxi."

Anscheinend kannte Sabines Noch-Gatte das Foto nicht, das Dieter aus seiner Sakkotasche zog und ihm hinhielt.

„Kennen Sie den jungen Kellner?", fragte er.

Der Mann warf nur einen kurzen Blick auf das Foto. „Nie gesehen", behauptete er überzeugt.

„Kann nicht sein", entgegnete ich. Er solle gefälligst nachdenken.

Aber wieder blieb der unsympathische Mensch bei seiner Behauptung. „Nie gesehen!"

„Sie sind aber schon einmal mit ihm gesehen worden vor ein paar Monaten, im Kapuzinerhäuschen an der Jülicher Straße", warf ich ihm unsere Trumpfkarte vor. „Dafür gibt es Zeugen."

Vollkommen verblödet schien der Alkohol Sabines Macker nicht gemacht zu haben. „Ja, und? Selbst, wenn ich mit dem Kerl dort gesehen worden bin, was soll das?"

„Dann könnten Sie sehr schnell in den Verdacht geraten, mit Schwerverbrechern gemeinsame Sache zu machen", mischte sich Dieter streng ein. „Ich kann dafür sorgen, dass Sie in U-Haft kommen", drohte er sogar unverfroren.

„Momang, Momang!" Das ging Sabines Noch-Gemahl nun doch ein wenig zu weit und er hob beschwichtigend die Arme. „Ich will ja nichts verbergen. Ich weiß nur nicht, was das soll."

Ich atmete tief durch. „Fangen wir einmal anders herum an: Wenn Sie mir sagen, wer der Typ ist, könnten Sie vielleicht einen schönen Batzen Geld kassieren. Ich brauche nicht einmal unbedingt seinen Namen, ich brauche nur Anhaltspunkte, wo ich ihn finden kann." Ich sah dem ungehobelten Kerl ins Gesicht.

„Wenn ich den da finde", ich tippte mit dem Finger auf die Fotografie, „dann können Sie sich 1000 Mark bei mir abholen."

Ich sah Dieters erschrockenes Gesicht.

„Aus der Portokasse, natürlich", beruhigte ich ihn. Er befürchtete wohl, ich würde Dos Haushaltsgeld antasten. Doch das hätte ich mich nicht getraut.

Die Aussicht auf den netten Nebenverdienst spornte Sabines Gatten zu Denkakrobatik an, seine Hirnzellen arbeiteten auf Hochtouren.

„Der Typ war zum ersten Mal an dem Abend in der Gaststätte. Ich hatte ihn jedenfalls noch nie dort gesehen. Das muss vor einem halben Jahr gewesen sein. Er ist dann nicht mehr gekommen. Dass war wohl eher Zufall, dass der in der Kneipe war. Ich glaube, wir sind dann zusammen versackt."

Wie recht er mit diesem Glauben hatte. Sturzbesoffen war er, als Sabine ihn abholte und auf dem Heimweg noch einige Beleidigungen über sich ergehen lassen musste. Worüber sie gesprochen hatten in der Gaststätte, wusste er natürlich auch nicht mehr. Über die Alemannia und die Frauen oder so, sagte er zwar durchaus hilfsbereit, aber nicht gerade sehr ergiebig.

Die hundert Mark waren in den Sand gesetzt, bedauerte wenig später Dieter, die hätten wir uns sparen können. Und die tausend Mark würden wir wohl behalten.

„Ich sehe das nicht so", entgegnete ich. Immerhin gab es einen weiteren Anhaltspunkt, wie ich dem irritierten Dieter plausibel machen konnte.

„Wir kriegen die Kerle", sagte ich entschlossen. „Die machen Fehler, ohne dass sie es merken." Ich hoffte nur, dass die Entführer mein Puzzlespiel nicht entdeckten. Sie würden sicherlich keinen Spaß verstehen, wenn sie wüssten, wie nahe ich ihnen schon war.

Die Geschichte war tierisch ernst.

Klenkes ade

Wahrscheinlich hatte Dieter das aufschlussreiche Foto der Kripo vorgelegt. Er sagte es mir zwar nicht, auch fragte ich ihn nicht danach, aber ich vermutete es. Anderenfalls hätte er wohl niemals die Informationen bekommen, die nur auf dem Behördenweg zu bekommen waren und die mir sehr nützlich waren.

Jedenfalls lag die Liste der anrufbaren Telefonzellen in Aachen bald vor mir und ich notierte diejenigen, die ich bereits angelaufen hatte. Es gab kein System, nach dem die Entführer vorgingen, dachte ich nach der ersten Durchsicht, es gab allenfalls ihre Absicht, mich nicht allzu weit laufen zu lassen. Theoretisch hätten mich die Gauner kreuz und quer durch die Kaiserstadt schicken können. Ich studierte noch die Liste, als Sabine meine Gedanken unterbrach.

Sie hatte ein Gespräch für mich in der Leitung.

Es konnten eigentlich nur meine Unbekannten sein. Drei Tage lang hatten sie sich nicht gemeldet.

„Sie leben ja noch", bemerkte ich statt einer Begrüßung. „Ich dachte schon, Sie hätten sich in Luft aufgelöst."

„Lassen Sie die Witze", herrschte mich der Gauner humorlos an. „Elisenbrunnen, Zelle fünf!" Er machte eine knappe Pause. „Sofort!" Bevor ich protestieren konnte, hatte er bereits aufgelegt.

Schnell stapfte ich durch die ungemütlich kalte Stadt zum Elisenbrunnen, an dem die Umbauarbeiten endlich beendet waren. Mir gefiel die neue Gestaltung des Geländes. Die angegebene Zelle wurde gerade frei, als ich ankam und ich hatte kaum die Tür hinter mir geschlossen, da klingelte es auch schon.

„Grundler", meldete ich mich artig.

„Ich weiß", sagte mein Verhandlungsgegner, „wärmen Sie sich ruhig etwas auf. In zehn Minuten sind Sie dann bitte im Schließfachraum des Hauptpostamtes und stellen sich in Zelle drei! Ich hoffe, dass Ihre Freundin unversehrt geblieben ist bei dem kleinen Zwischenfall", bemerkte er noch kurz und legte auf.

Des Kidnappers Wille war mein Befehl. Durch den eisig kalten Wind, der durch die Stadt pfiff, marschierte ich zum Postamt und postierte mich in der vorgegebenen Zelle. Ich brauchte nicht lange zu warten, rasch hatte ich wieder die telefonische Verbindung zu den Entführern.

„Sie gehen jetzt bitte zur Zelle vier im Schließfachraum, gleich nebenan. Dort finden Sie im Rückgabefach für die Geldmünzen den Schlüssel zu einem Schließfach. Wir haben eine Überraschung für Sie. In zehn Minuten hören wir uns im Kloster am Alexianergraben wieder. Bis dann!"

Die Zelle vier war während des Gesprächs leer geblieben, wie ich aus dem Augenwinkel beobachten konnte, was mich auch nicht verwunderte, da auf einem angehängten Schild der Telekom das Gerät für defekt erklärt wurde. Ich wurde fündig und griff nach dem Schließfachschlüssel. Fach fünfundsiebzig hatten die Gauner für mich ausgewählt.

150

Neugierig schloss ich auf und zog ein Päckchen aus Karton heraus. Hastig riss ich die Klebestreifen ab und öffnete das Geschenk. Es enthielt ein Glas mit Drehverschluss, das ordentlich mit Styroporkugeln gesichert war. Als ich das Glas anhob und den Inhalt sah, ließ ich es vor Erschrecken beinahe fallen. In einer hellen Flüssigkeit schwamm ein einzelner Finger.

Unruhig verstaute ich das Glas wieder im Paket.

Aber nicht nur diese makabre Überraschung verunsicherte mich, auch der Umstand, dass in der defekten Telefonzelle vier eine Oma telefonierte, war nicht dazu angetan, meinen Gemütszustand zu normalisieren. Das Schild war weg.

Aufgewühlt lief ich zum Alexianergraben und erntete im Kloster viele neugierige Blicke. Offensichtlich hatte ich meine äußere Ausgeglichenheit ebenso wie meine innere Ruhe verloren und machte einen gehetzten, unerfreulichen Eindruck. Barsch rempelte ich einen Mann zur Seite, der fast zeitgleich mit mir die Zelle betreten wollte, als es klingelte.

„Was soll die Scheiße?", brüllte ich in den Hörer.

„Mäßigen Sie sich, Bruder Tobias!" Der Unbekannte blieb ruhig. „Wenn Sie sich nicht beruhigen, schicke ich Sie weiter."

„Sie sind doch meschugge!", schimpfte ich lauthals weiter. „Sie spinnen doch!"

„Und Sie sind in diesem Zustand kein adäquater Gesprächspartner für mich, Herr Grundler", sagte der Gauner. „Regen Sie sich erst einmal ab. In fünf Minuten hö-

151

ren wir uns wieder in der Telefonzelle an der Ecke Alexianergraben und Annastraße."

Wütend starrte ich den toten Hörer an. Der Kerl machte tatsächlich mit mir den Hampelmann.

„In der Ruhe liegt die Kraft, mein Bruder", redete der Mann besänftigend und gütig auf mich ein, den ich eben noch so unsanft weggeschubst und der geduldig gewartet hatte. Erst jetzt erkannte ich ihn als Klosterbruder.

„Tut mir leid. Sie haben Recht", sagte ich mechanisch mit einem gequälten Lächeln und ging mit dem Päckchen unter dem Arm hinaus auf die Straße.

Der Klosterbruder hatte tatsächlich Recht, sagte ich mir. Mit kalter Wut und ohnmächtigem Schreien kam ich nicht weiter. Ich war nun einmal der Hampelmann. Und ich würde der Hampelmann bleiben, bis Lennet Kann wieder auf freiem Fuße war. Es hatte keinen Zweck, jetzt die Brocken hinzuwerfen. Jetzt hieß es, ruhig Blut zu bewahren und neue Puzzleteilchen zu finden.

Eines hatte ich in der Post gefunden, wie mir schlagartig klar wurde, ein anderes hielt ich vielleicht in den Händen. Es war zwar ein makabres, dafür aber eventuell auch ein entscheidendes.

„Grundler." Schnell nannte ich mich nach dem Anruf in der neuen Zelle.

„Na, war das keine schöne Überraschung?"; fragte mich der Kidnapper. „Ein Finger von Lennet Kann, nur für Sie. Wenn Sie Lennet Kann nicht portionsweise zurückhaben wollen, sondern als Mensch, halten Sie sich bitte ab sofort wieder exakt an unsere Befehle, Herr Grundler."

„Wieso?" Ich wollte nicht verstehen, obwohl mir schwante, worauf der Kerl hinauswollte.

„Wir hatten Ihnen am Samstag befohlen, nach Ablage des Beutels sofort nach Hause zu gehen. Das haben Sie nicht getan. Außerdem mögen wir es überhaupt nicht, wenn Sie von einem Fotografen begleitet werden, der Sie einfach nicht aus den Augen lässt." Der Unbekannte machte eine kurze Pause. „Betrachten Sie den Finger von Lennet Kann als Hinweis und Mahnung, quasi als disziplinarische Maßnahme. Der nächste Verstoß gegen unsere Befehle wird gravierende Folgen für Lennet Kann haben. Sie haben sein Wohlbefinden in Ihrer Hand, Herr Grundler."

„Das ist doch kleinkariert", widersprach ich.

„Nein", unterbrach mich der Entführer. „Wir bestimmen die Spielregeln. Sie haben dagegen verstoßen und mussten bestraft werden."

„Zu Lasten von Lennet Kann", sagte ich, das sei nicht fair.

„Sie haben es zu verantworten, Herr Grundler." Plötzlich schien der Unbekannte es eilig zu haben. „Heute Abend um 21 Uhr, Zelle vor dem Parkplatz am Büchel!"

Dieter machte kein langes Federlesen. Er benachrichtigte sofort die Kripo, die eine kriminalmedizinische Untersuchung des abgetrennten Fingers durchführen ließ.

Das erste Ergebnis lag erstaunlich rasch schon am frühen Nachmittag vor. Die fein säuberlich mit einem Skalpell abgetrennten Glieder stammten vom kleinen Finger der rechten Hand. Die Amputation war noch keine 24 Stunden her. Mehr war nicht zu klären auf die Schnelle, die genauere Untersuchung würde mindestens drei Tage dauern, wobei die Abnahme eines Fingerabdrucks nicht mehr möglich sein würde. Durch die Flüssigkeit sei die obere Hautschicht schon angegriffen worden. Eines sei allerdings klar: Ein Fachmann müsse die Amputation vorgenommen haben, „kein Frisör, kein Metzger und auch kein Schneiderlein", meinte der Polizeipräsident im Gespräch mit meinem Chef.

„Eines ist jedenfalls sicher", folgerte ich aus den Feststellungen der Mediziner, „den Klenkes kann Lennet Kann nicht mehr machen."

Weshalb mir Dieter und Sabine deswegen bitterböse Blicke zuwarfen, musste wohl damit zu tun haben, dass ich mich als Nicht-Aachener über eine Öcher Eigenart mokiert hatte.

Lange noch saßen Dieter und ich nach Dienstschluss in meinem Büro zusammen. Wie weit würden die Entführer gehen?, fragten wir uns. Waren sie skrupellos oder blufften sie vielleicht doch nur?

„Es ist wohl besser, wenn wir von der schlimmsten aller Möglichkeiten ausgehen", meinte Dieter. „Ich glaube schon, dass die knallhart sind." Der Finger sei ein deutlicher Beweis dafür. Das kurzfristige Kidnapping von Tobi und der absichtlich herbeigeführte Unfall von Sabine ließen an sich keine Zweifel mehr an Dieters Ansicht aufkommen.

„Ganz schön clever, die Jungs", meinte mein Chef fast schon hochachtungsvoll.

154

Diese Einschätzung ging mir gewaltig gegen den Strich. „Ganz schon dumm", protestierte ich lauthals. „Das war der nächste Fehler."

Dieter konnte mir nicht folgen.

„Das macht überhaupt nichts, mein Freund." Ich ließ ihn zappeln. „Die haben mir jedenfalls einen weiteren Puzzlestein geliefert, und haben es wahrscheinlich selbst nicht gemerkt."

Meine Ermittlungsmethode war Dieter offenbar überhaupt nicht geheuer. „Aber wenn unterm Strich ein Erfolg steht, bin ich zufrieden", sagte er nur.

Sollte ich ihn an unseren ersten gemeinsamen Fall erinnern? Damals, vor knapp sieben Jahren, hatte ich auch alleine gegen den Rest der Welt, einschließlich Dieter, gekämpft. Ich hatte zwar zunächst verloren, aber das hatte unterm Strich keine Bedeutung gehabt. Damals hatte ich Dieters Vertrauen gewonnen und er meines. Allein das zählte und hatte unsere Freundschaft begründet. Und doch schmerzte mich die Erinnerung an unser erstes Aufeinandertreffen.

„Mach's gut, Alter." Dieter hatte sich erhoben und verabschiedete sich. Er hielt die rechte Hand hoch und streckte den kleinen Finger in die Luft. „Klenkes ade."

Kopf oder zahl'

Der Blick auf die Uhr mahnte mich zur Eile. Allzu lange wollte ich die Entführer nicht warten lassen. Ich musste mich sputen, um rechtzeitig am Büchel anzukommen.

„Sie waren doch bestimmt auch Fußballer, Herr Grundler?", fragte mich mein Kommandeur statt einer Begrüßung und erwartete noch nicht einmal meine bejahende Antwort ab. „Dann kennen Sie gewiss das Spiel Kopf oder Zahl? Sie wissen doch, der Münzwurf vor Spielbeginn, wer Seitenwahl oder Anstoß hat?"

„Was soll das?", knurrte ich mürrisch. Ich war müde und wollte ins Bett.

„Wir werden auch das Spiel spielen. Entweder Kopf oder zahl'. Zahl' 250.000 Mark oder du erhältst den Kopf, den Kopf von Lennet Kann. Stellen Sie sich darauf ein, Herr Grundler. Kopf oder zahl'."

„Bis wann?" Ich hatte keine Lust, mir lange das Gewäsch anzuhören.

„Bis zum Altweiberdonnerstag. Das sind knapp zehn Tage. Wir melden uns bei Ihnen. Und denken Sie dran: Kopf oder zahl'." Er lachte hämisch.

Ich legte auf. Das war mir zu blöd, wenngleich ich mir eingestehen musste, dass ich durchaus die Ernsthaftigkeit der Kidnapper annahm. Langsam und frierend ging ich zum Templergraben und entschied mich fast vor der Haustür, trotz des Hungers nicht einen Abstecher ins Knossos zu machen, sondern nach Hause zu gehen. Ich setzte mich an meinem Schreibtisch und listete alle Fakten und Vermutungen auf, stellte mir Fragen, suchte nach Quellen, die mir weiterhelfen konnten. Ich hatte nicht viel an der Hand, aber ich hatte schon genug, um im entscheidenden Moment und bei vorliegenden Hinweisen den entscheidenden und richtigen Schlag zu tun. Ich machte mir einige Notizen und stellte einen Plan für Sabine auf.

Sie musste für mich einige Erkundigungen einholen.

Müde legte ich mich ins Bett und fiel schnell in einen festen Schlaf. Ich hatte einen abstrusen Traum, in dem der Kopf von Lennet Kann und unendlich viele 100-Mark-Scheine schwerelos durch mein Zimmer schwebten. Immer wieder pritschte ich den Kopf weg, wenn er in meine Nähe kam. Dem Kopf schien es zu gefallen, er quietschte vor Vergnügen.

„Kopf oder zahl'", so hatte die Aachener Zeitung am nächsten Tag getitelt. Sabine hatte mir den Lokalteil ins Büro gebracht. Jetzt werde es haarig für Lennet Kann, las ich. Die Kidnapper forderten das Lösegeld bis zum Karnevalsauftakt, schrieb der Reporter. „Sie meinen es ernst. Um ihrer Forderung Nachdruck zu verleihen, haben sie dem Vermittler den kleinen Finger von Lennet Kann zugeschickt." Der Schreiberling war bestens im Bilde.

‚Was soll's?', fragte ich mich, sollte er doch schreiben, was er wollte. Von mir würde er nichts mehr erfahren.

Die Polizei tappe im Dunkeln, fuhr der Journalist fort, nach wie vor fehle jede Spur von den Verbrechern. Noch einmal erinnerte er an die Spendenaktion zugunsten von Lennet Kann.

Dann wurde es mir doch zu bunt. Zornig wählte ich den AZ-Reporter an.

„Woher haben Sie die Informationen?"

Es gebe Informantenschutz, antwortete er mir lapidar, doch ließ ich mich damit nicht abwimmeln.

„Ich vermute, dass Sie nicht nur in ständigem Kontakt zu den Entführern stehen, sondern deren Verhalten sogar noch decken. Sie verhalten sich kriminell."

Und ich ticke nicht ganz sauber, hielt der Journalist dagegen. Es sei keinesfalls seine Absicht, die Kidnapper zu schonen. Vielmehr arbeite er mit der Kripo zusammen, gewissermaßen ermittele er mit ihr parallel zu mir.

„Woher haben Sie denn Ihre Informationen? Etwa von der Kripo?" Das konnte ich mir nicht vorstellen.

„Von den Entführern natürlich. Sie können sich nicht vorstellen, wie die mich durch die Gegend scheuchen. Ich kenne fast jede anrufbare Telefonzelle im Großraum Aachen, vor allem die am Autobahnzollamt."

Weshalb ich laut losprusten musste, verstand der Journalist nicht. Aber ich sah keine Veranlassung, ihn aufzuklären. Ich bat ihn vielmehr, mich doch früher zu informieren und nicht wie die Leser erst einen Tag später. Es sei immer ärgerlich, wenn ich morgens Dinge aus der Zeitung erführe, die nach meinem Wissen niemand kennen könne.

„Das ist doch Taktik von denen", sagte der Journalist freimütig.

„Eine Taktik, die Sie auch noch unterstützen!" Das saß offenbar. Der Schreiberling schwieg für einen Moment betroffen. „Die erreichen dadurch, dass wir uns gegenseitig belauern und bekriegen und lenken dadurch von sich ab."

Es sei nicht seine Absicht, meine Arbeit zu hintergehen, versicherte der Reporter schließlich.

„Haben Sie denn eine Ahnung, woher die Entführer anrufen?" Ich stellte seine Bereitschaft zur Zusammenarbeit gleich auf die Probe.

„Nein" Keine Fangschaltung habe bisher Erfolg gehabt. „Die Kripo vermutet, dass sie ebenfalls von unterschiedlichen Telefonzellen anrufen."

Damit hatte mir der Schreiberling wahrlich nichts Neues gesagt. So weit war ich auch schon, was ich dem Journalisten aber nicht unter die Nase rieb. „Gibt's denn sonst noch was?"

„Ja", antwortete der AZ-Reporter. „Ich habe nicht immer mit demselben Mann gesprochen. Zwei- oder dreimal hat mir ein anderer die telefonischen Treffpunkte mitgeteilt." Nach der Stimme müsse es sich um ein älteres Semester gehandelt haben. „Der hatte den typischen Öcher Singsang." Demnach, so vermutete der Journalist, müsse es wohl zwei Entführer geben.

Ich horchte auf. Der Schreiberling wusste wohl nichts von dem Jüngling, der mir über den Weg gelaufen war. Die Kripo hatte diesbezüglich stillgehalten, was mich einigermaßen wunderte. Ihre Identifizierungsbemühungen waren erfolglos geblieben. Der Knabe war ein völlig unbeschriebenes Blatt. Da hätte ein Fahndungsaufruf mit einer entsprechenden Veröffentlichung vielleicht Erfolg gehabt. Andererseits war es wohl sinnvoll, mit einer Fahndung zu warten, bis Lennet Kann wieder frei war.

Oder bluffte der Schreiberling etwa? Sagte er mir doch nicht alles, was er wusste? Es war schon eine vertrackte Situation; die Kripo wusste etwas, der Schreiberling wusste etwas, ich wusste etwas. Aber niemand von uns wusste alles.

„Was macht die Spendenaktion?" Ich wechselte schnell das Thema, bevor der Journalist bemerkte, dass ich meinen Gedanken nachging, und ich war froh für jede Mark, die ich für meinen Chef einsparen konnte.

„Sie schleppt sich mühsam durch die Zeit", antwortete er ausweichend.

„Also mies?"

„Mehr als das."

„Also nichts?"

„Mehr als das, aber nicht viel mehr. Für das Geld auf dem Konto bekommen Sie allenfalls den dicken Zeh des linken Fußes von Lennet Kann."

Das wären rosige Aussichten, meinte ich mit einem Anflug von Galgenhumor. Ich bat den AZ-Reporter noch einmal eindringlich, mich vorab über alles zu informieren, bevor es in der Zeitung stand.

„Nur gemeinsam packen wir die Kerle."

Der Journalist versprach mir alle Unterstützung und versicherte mir auch, dass er wieder intensiv auf die Hilfsaktion für Lennet Kann hinweisen werde.

Über einen Gedanken, der mir gekommen war, sagte ich ihm vorsichtshalber nichts, weil ich mir nicht sicher war, ob der Schreiberling schweigen würde. Seine Bemerkung, er habe die Stimme eines älteren Herrn erkannt, hatte mich stutzig gemacht. War die Entführung vielleicht doch nur vorgetäuscht?

Die Kidnapper schalteten tatsächlich auf Funkstille um, was mir nicht einmal ungelegen kam. Somit hatte ich einige Tage, um einige Fragen zu beantworten und einige Sachverhalte aufzuklären. Dabei erwies sich mein Ansatz, dass Lennet Kann eventuell gar nicht entführt worden war, sondern wir alle geleimt wurden, nicht unbedingt als schlecht. Allerdings fehlte mir der endgültige Beweis, und solange nicht definitiv feststand, dass es sich nicht um eine Entführung handelte, ging ich von diesem Verbrechen aus.

Obendrein war es mir endlich vergönnt, mich noch etwas auf die Examensklausuren vorzubereiten. Meinetwegen würde die Prüfungskommission garantiert nicht den Klausurentermin verlegen.

Die Entführer meldeten sich erst am Altweiberdonnerstag wieder. Knapp vor zehn Uhr forderten sie mich bei ihrem Anruf in der Kanzlei auf, um elf Uhr am Markt in der Zelle vor der Karlsapotheke zu sein. Dann könne ich sie zugleich über den aktuellen Stand der Spendenaktion unterrichten.

Der aktuelle Stand war nicht einmal so schlecht. Der abgeschnittene Finger hatte seine Wirkung hinterlassen und den Karnevalisten und den Narrenfreunden wohl deutlich zu erkennen gegeben, dass die Sache tatsächlich ernst war.

Auch, nachdem das endgültige Ergebnis der medizinischen Untersuchung vorlag, hielt die Spendenbereitschaft unvermindert an. Es gab keinen absoluten Beweis, ob es sich tatsächlich um den Finger von Lennet Kann handelte, was ich mittlerweile bezweifelte. Allerdings gab es auch keinen gegenteiligen Beweis.

Den Spitzenplatz auf der Spenderliste nahmen übrigens die alternativen Karnevalsfreunde ein, die dafür von der Presse und zum Unmut der einzig wahren, weil organisierten Narren begeistert gefeiert wurden. Allein bei der Strunx-Sitzung kamen weit über 20.000 Mark zusammen, was die alternative Stadtzeitung prompt zum Anlass nahm, auf den etablierten AKV und dessen Paradesitzung einzudreschen. Wo bleibt das Kapital der Reichen und Begüterten?, wurde offen gelästert. Die einzig wahren und volkstümlichen Karnevalisten seien die Alternativen. Solidarität unter Narren gebe es erwiesenermaßen eben nur bei ihnen.

Die Tageszeitungen nahmen den Faden gerne auf und auch die Rundfunksender widmeten sich dem Thema. Der Erfolg war frappant. Der AKV sah sich sogar veranlasst, die Spende aus der Strunx-Sitzung zu überbieten und eine Mark mehr auf das Spendenkonto zu überweisen frei nach dem Motto: Wir sind doch die größten und besten aller Öcher Narren.

Mister Geldprotz, wie ich Dieter scherzhaft nannte, erklärte sich weiterhin bereit, den fehlenden Geldbetrag vorzustrecken, wie er seine unterstützende Finanzierung bezeichnete. Irgendjemandem würde er das Geld schon in Rechnung stellen, wenn er es nicht zurückerhielt.

Schließlich hatten wir immer noch einen offiziellen Auftraggeber, den PSV-Sitzungspräsidenten.

Mithin konnte ich den Entführern am Telefon auf dem Markt ruhigen Gewissens Vollzug melden. „250.000 Mark in 100-Mark-Scheinen liegen abrufbereit. Sie müssen mir nur noch sagen, wann, wo und wie."

„Nicht so schnell, junger Mann", bremste mich der Entführer. „Fragen Sie erst einmal bei der Polizei nach, ob die das Geld noch haben und dann besorgen Sie sich zunächst einmal einen blauen, stabilen Abfallsack aus Plastik. Dann sehen wir weiter."

„Und wann?"

„Morgen natürlich. Wir melden uns bei Ihnen."

Kaum hatte der Unbekannte aufgelegt, da begann es um mich herum zu scheppern und zu tröten. „Oche Alaaf" und „Stürmt das Rathaus!" hieß die Devise. Es war elf Uhr elf. Die tollen Tage hatten begonnen.

Die Jecken waren los und machten auch vor unserer Kanzlei nicht Halt. Unser Rezeptionsdrachen Fräulein Schmitz hatte sich tatsächlich ein närrisches Papphütchen aufs dauergewellte, graue Haar gedrückt und lief zu meinem Erstaunen froh gelaunt mit einer großen Papierschere durch die Büroräume. Allerdings war dieser Akt eher symbolisch, denn außer meiner Wenigkeit war kein männliches Wesen anwesend. Mangels Schlips war ein Abschneiden nicht möglich. Unsere Mitarbeiterinnen, angeführt von der immer lachenden Sabine, hatten das Kommando übernommen, das Radio auf Karnevalsmusik getrimmt, die Räume mit Luftschlangen verhängt und die

Sektkorken knallen lassen. „Maak Mött!", rief mir eine unserer Junganwältinnen zu, als ich in die Kanzlei trat. „Bei Ihnen herrscht ja eine Stimmung wie in einem Schweigekloster. Bei uns in Erkelenz ist viel mehr los."

„Ja, ja", brummte ich und verzog mich in mein Zimmer, das ich ausdrücklich zur karnevalsfreien Zone erklärte.

Da hatte es sich der eigentliche Herrscher unserer Kanzlei einfacher gemacht. Dieter hatte sich kurzerhand mit Do und Tobias junior in unser Appartement auf der Seepromenade in De Haan zurückgezogen, um dort dem Karnevalstrubel in der Kaiserstadt zu entgehen. Vor Veilchendienstag war nicht mit ihm zu rechnen.

Typisch Schulz, hatte ich gemosert, als ich von den Reiseplänen erfahren hatte. Immer, wenn er dringend gebraucht wurde, machte er 'ne Mücke. Aber nein, er vergnügte sich lieber mit seinen Liebsten, als seinem besten Freund zu helfen. Der dachte nur an sich, schimpfte ich. Zugleich hatte ich Verständnis für ihn, so hatte er jedenfalls immer Tobi im Blick. Am liebsten hätte ich Sabine noch mitgeschickt.

Bei allem Missmut über die Narretei im Büro beruhigte ich mich mit dem Gedanken, dass am morgigen Tag kurzfristig wieder Normalität eintreten würde. Vielleicht würde es mir am Freitag gelingen, das Geld zu beschaffen. Die Kripo und die Stadtsparkasse sahen sich dazu am Altweibernachmittag außerstande.

„Bei uns läuft heute nichts mehr", erklärte man mir übereinstimmend und vertröstete mich auf den nächsten Tag.

Das Geld läge bereit in einem Koffer im Polizeipräsidium am Eulersweg, sagte mir die Kripo am nächsten Morgen. Das Geld sei auf eine vollkommen neue Art präpariert worden. Die Scheine würden Spuren an den Fingern hinterlassen, die mit einer speziellen Lampe zu erkennen seien.

Ich war skeptisch, ob diese Methode uns helfen könnte. Aber man konnte es ja jedenfalls einmal versuchen, tröstete ich mich.

Die Vollzugsmeldung war wenige Minuten vor dem Befehl der Kidnapper gekommen, ich solle mich gefälligst sofort auf den Weg zum Kaiserplatz und dort zur Zelle drei machen.

Die Verbrecher würden sich bestimmt freuen, wenn ich ihnen das Lösegeld zusagen konnte, dachte ich mir und sagte es auch, nachdem sich der Unbekannte gemeldet hatte.

„Schön für Sie", bemerkte er nur, „aber nicht schön genug." Man wolle das Geld nicht in Hundertern, sondern in Fünfzigern. „Sorgen Sie dafür, dass das noch klappt. Nach wie vor gilt unser Spiel Kopf oder 'zahl!" Für Samstag um zehn Uhr kündigte der Entführer das nächste Telefonat an und legte auf.

Die Jecken schienen doch keinen Ruhetag eingelegt zu haben, sagte ich mir verärgert. Was sollte dieser Schwachsinn? Dahinter konnte doch nur die Absicht stecken, mich und meine Mitstreiter unter Stress zu setzen.

Bei der Kripo war man verständlicherweise noch weniger begeistert als bei den Aachener Banken. Dennoch bemühten sie sich in einer Gemeinschaftsaktion erfolgreich,

165

die Geldscheine auszutauschen. Es gelang der Polizei sogar erneut, die Banknoten zu präparieren und die Nummern zu notieren. Noch am Nachmittag sollten die Nummern per Computer in Deutschland sowie nach Belgien und in die Niederlande weitergeleitet werden.

Ich atmete auf, nachdem ich das Lösegeld in der Kanzlei in den Müllsäcken verstaut hatte. Ich war über das Volumen der Scheine überrascht. 250.000 Mark in 50-Mark-Scheinen ließen sich leicht in einem Müllsack unterbringen. Vorsichtshalber steckte ich den Sack in zwei andere. ‚Das hätte mir bei meinem Glück noch gefehlt, dass der Geldsack beim Transport aufreißt und die Scheine mir um die Ohren flogen‘, dachte ich mir, als ich die wertvolle Fracht in unseren Tresor einschloss.

„Wie wär's mit einem Spaziergang, Herr Grundler?", meldete sich der Kidnapper telefonisch am Samstag pünktlich in meiner Wohnung. Am Bahnhof Rothe Erde gebe es eine nette kleine Zelle, in der ich um elf Uhr erwartet würde.

Mir als ausdauerndem Fußgänger würde der flotte Weg dorthin nicht sonderlich schwer fallen. Strammen Schrittes machte ich mich durch das winterliche Aachen auf den Weg, ließ dabei Sabines Wohnung links liegen und stiefelte den Adalbertsteinweg hinauf. ‚Da sitzen sie bald‘, dachte ich mir grimmig, als ich am Gericht und am Untersuchungsgefängnis vorbeikam.

Bahnhof Rothe Erde, wann war ich da zum letzten Mal gewesen? Noch nie, musste ich bekennen und gewann damit meinem Spaziergang noch eine positive Note ab.

166

‚Das war eine kostenlose Lektion in Sachen Heimatkunde', sagte ich mir.

Aachen war zweifelsohne im närrischen Fieber. Der attraktive Kinderumzug am Tulpensonntag und der große Rosenmontagszug wurden in den karnevalistisch geschmückten Auslagen vieler Geschäfte angekündigt, an den Straßenrändern begannen die Mitarbeiter des Bauhofes, Absperrgitter zu deponieren, mit denen bei den Zügen die Strecke abgesichert werden sollte.
Die Narren schienen für die Umzüge bestens gerüstet. Allenfalls das Wetter machte ihnen noch Sorgen, wenn ich den Wetterbericht am Morgen im Radio richtig verstanden hatte. Allgemein rechnete man mit einem Wetterumschwung und damit verbunden zu Beginn der tollen Tage mit ergiebigen Schneefällen. Darauf deutete jetzt aber noch nichts hin. Es war zwar feucht und kühl, aber beileibe nicht eiskalt.
Dennoch war ich froh, als ich in den wärmenden Bahnhof eintreten konnte. Ich war so ziemlich der einzige Mensch weit und breit, von den Bahnbediensteten einmal abgesehen. Vor der Telefonzelle musste ich mich noch einige Minuten gedulden, ehe mich das Klingeln endlich zur Abnahme des Hörers aufforderte.
„Gut durchblutet?", fragte mich der Kidnapper und ich antwortete bestätigend.
Es ginge nichts über einen flotten Marsch an der frischen Luft, sagte ich, ich würde jetzt noch einen gemütlichen Bummel zurück zur Kanzlei machen.

„Daraus wird wohl nichts. Sie müssen sich beeilen, damit Sie noch rechtzeitig Ihre nächste Mission erfüllen können", meldete der Entführer die nächste Nettigkeit auf meine Knochen an. Worin diese neue Mission bestand, erklärte er mir auf der Stelle.

„Wir haben es uns noch einmal überlegt. Wir wollen das Geld nicht in Fünfzigern, sondern in vier gleichen Teilen in deutschen 20-Mark-Scheinen, in niederländischen Gulden sowie in belgischen und französischen Francs."

Ich kam gar nicht dazu, zu widersprechen.

„Im Spielcasino müsste das Geld auch in dieser Summe problemlos austauschbar sein", empfahl mir der Unbekannte. „Wo sonst, wenn nicht hier im Dreiländereck, sollte so viel ausländisches Geld vorhanden sein?" Anderenfalls müsste ich halt einige Bankdirektoren aus dem verlängerten Wochenende reißen. „Wir haben auch keine Zeit für einen Kurzurlaub", glaubte der Kidnapper tatsächlich scherzen zu müssen, um dann ernsthaft fortzufahren: „Die Aufteilung auf die verschiedenen Währungen ist eine unserer Bedingungen, sonst scheitert die Freilassung von Lennet Kann. Sie wissen ja, Kopf oder zahl'!"

Langsam stieg in mir die Galle hoch, aber ich zog es vor zu schweigen. Neben meinem Zorn empfand ich aber auch eine große Zufriedenheit, denn ich hatte wieder ein Puzzlesteinchen bekommen. ‚Hatten die Entführer immer noch nicht gemerkt, dass sie sich selbst immer mehr in die Enge trieben?', fragte ich mich. Oder waren sie sich etwa ihrer Sache so sicher, dass ihnen ihre Fehler einerlei waren?

„Bis morgen, Herr Grundler", sagte der Unbekannte und holte mich in die Realität zurück. „Wir rufen am Sonntag um zehn Uhr bei Ihnen an, wenn's Recht ist?"
Es war mir Recht, wie ich versicherte. Ohne Gruß legte ich auf und ging sofort weg.

Ich musste mich unbedingt mit Sabine unterhalten und sie um Rat fragen. Ich freute mich auf sie, als ich auf dem Weg zu ihr unterwegs war.
Die Freude war zwar nicht gerade einseitig, gab aber keinen Anlass, in Müßiggang auszubrechen. Vielmehr spornte mich meine moderne Sklaventreiberin nach einer durchaus angenehmen Begrüßung wenig feinfühlig an, sofort die Polizei zu benachrichtigen.
„Du musst bis morgen früh die finanzielle Sache geklärt haben", drängte mich Sabine. Es werde nicht einfach werden, vermutete sie, ich solle deshalb keine Zeit verlieren.
Leider hatte sie mit ihrer Vermutung ins Schwarze getroffen. Nach der entschiedenen Auffassung des Polizeipräsidenten war der erneute Geldumtausch gänzlich unmöglich. Allerdings gab er mir in unserem nicht gerade freundlichen Gespräch zu verstehen, dass das in erster Linie darauf zurückzuführen wäre, weil er das Lösegeld nicht mehr präparieren lassen könnte.
Dann solle er es gefälligst lassen, pflaumte ich ihn an. Erst mein Angebot, ich würde mich selbst um die Banken oder gegebenenfalls um das Spielcasino kümmern, lenkte den Präsidenten auf meine Linie ein. Dabei spielte wohl auch

meine Bemerkung eine Rolle, die Polizei sei nicht zu Flexibilität fähig.

Das spornte geradezu den Ehrgeiz des obersten Ordnungshüters an, mir das Gegenteil zu beweisen.

„Wir bringen Ihnen morgen um neun Uhr das Geld nach Hause", versicherte er mir dynamisch. Er ging wie ich auch davon aus, dass die Entführer eventuell schon am Sonntag die Übergabe des Lösegelds vornehmen wollten. Warum sonst hätten sie mich zu dem rasanten Geldtausch auffordern sollen?

Sabine bestätigte meine Überlegungen. Wir saßen in ihrer kleinen Kochküche. Ich sah ihr zu, wie sie spülte und abtrocknete und erzählte dabei. Mein Angebot, zum Trockentuch zugreifen, hatte sie zu meiner Erleichterung dankend und lachend abgelehnt mit dem Hinweis, ihre Porzellangedecke seien zu kostbar für meine ungelenken Hände. Ich könne ihr allenfalls eine Geschirrspülmaschine schenken, wenn ich ihr bei der Hausarbeit behilflich sein wollte.

„Es könnte so sein", sagte sie, nachdem ich ihr von den Gesprächen berichtet hatte.

„Es könnte so sein", wiederholte sie sich, nachdem ich ihr meine Rekonstruktion der Entführung geschildert und ihr meine Täterprofile dargelegt hatte. Sie würde mir gerne bei der weiteren Recherche behilflich sein.

„Es muss ja nicht gerade eine tödliche Recherche sein", meinte sie lächelnd.

Sie staunte nicht schlecht, als ich ihr ein gewaltiges Bündel von Untersuchungen aufhalste.

„Damit habe ich über Karneval genug zu tun", stöhnte sie. „Eigentlich wollte ich mich amüsieren. Bis wann willst du die Ergebnisse haben?"

Ich stand auf und umarmte sie von hinten. „Bis gestern, meine Liebe", flüsterte ich ihr ins Ohr.

„Darf es auch bis Veilchendienstagabend sein?" Sabine hatte sich an mich gelehnt. „Am Aschermittwochmorgen habe ich keine Zeit mehr", sagte sie mit einem schelmischen Lächeln. „Dann habe ich nämlich ein enorm wichtiges Date."

Ich wusste nicht, warum, ich wusste nur, dass mich ein leichtes, unruhiges Zucken durchfuhr. „Mit wem?"

„Mit Dr. Schulz", antwortete Sabine. „Das müsstest du als Herr aller Terminkalender doch wissen."

Ich wusste es offenkundig nicht, gestand ich meiner Sekretärin. Wahrscheinlich hatte ich meine Büroarbeit in der letzten Zeit etwas sehr vernachlässigt, auch wenn es mir nicht so vorgekommen war. Und das alles wegen eines Karnevalisten, dessen Schicksal der großen Masse schnurzpiepegal war und den ich noch nicht einmal kannte. Und gewiss auch wegen meiner Examensvorbereitung. Jetzt erst fiel mir auf, dass ich oft tagelang nicht für die Kanzlei gearbeitet, sondern über Übungsklausuren gebrütet hatte. Dieter und Sabine hatten wohl alle Arbeit von mir ferngehalten.

‚Warum konnte ich nicht so normal leben wie alle anderen Menschen? Warum ging bei mir immer alles anders? Das war bei meiner Fußballerkarriere so gewesen, das war mit meiner Ausbildung so, das war mit meiner Ehe so, das war immer so. Warum bloß?', seufzte ich.

Sabine drehte sich lachend in meinen Armen um und schlang mir das nasse Tuch um den Hals. „Weil du nicht normal bist, Tobias." Sie zog mich mit dem Tuch ganz nahe an ihr Gesicht und gab mir einen satten Kuss. „Ein Vorgeschmack auf später", sagte sie. „Es ist schön, dass es dich gibt."

Wir hätten uns wahrlich einen besseren Zeitpunkt als den Karnevalssamstag aussuchen können, um unsere Recherche durchzuführen. Das Wälzen der diversen Telefonbücher und die Anrufe aus der Kanzlei waren ja noch passabel. Als wir allerdings in Sabines neuem Polo durch die Gegend fuhren und verschiedene Gesprächspartner besuchen wollten, mussten wir einsehen, dass wir oft unpassend waren.

Letztendlich landeten wir am späten Abend in Malmedy, wo ich Sabine generös in den L'Ange Gourmand einlud. Mein Engel ließ es sich in dem Schlemmerengel gut schmecken, dass diese Pommesbude einmal zur besten von Belgien gekürt worden war, wusste sie noch nicht einmal.

Anschließend hockten wir uns in Eupen in eine kleine Gaststätte in der Nähe der St.-Nikolaus-Kirche und sortierten unsere Gedanken, die uns zum Teil den Atem raubten.

Die Zeit verging viel zu schnell, und der Blick aus dem Fenster auf die Straße ließ Sabine aufspringen. Dicke Schneeflocken fielen kräftig aus dem verhangenen Himmel. Auf der Fahrbahn hatte sich bereits eine durchgängige weiße Schicht gebildet. Es wurde höchste Zeit, wie-

172

der nach Aachen zu fahren, ehe wir hier eingeschneit wurden.

Langsam aber sicher näherten wir uns wieder der Stadt und kamen wohlbehalten am Templergraben an. Sabine blieb bei mir. Selbstverständlich nächtigte sie im Schlafzimmer, ich hingegen auf meiner Wohnzimmercouch. Sie sollte nicht gestört werden, wenn frühmorgens das Telefon klingelte, sagte ich wenig überzeugend zu mir.

Früher als erwartet war die Nacht zu Ende. Das scheppernde Klingeln im Flur riss mich aus meinem erotischen Traum mit Sabine. Noch schlaftrunken stolperte ich zur Wohnungstür und stierte einen Polizisten an, der mich freundlich grüßte. Er bringe das Lösegeld, machte er mir deutlich und drückte mir zwei große Pappkartons in die Hand, mit der Bitte, ich möge den Erhalt bescheinigen.
Ob denn der Inhalt stimme, wollte ich von ihm wissen.
Doch er konnte mir keine Antwort geben.
Normalerweise hätte ich in guter deutscher Ordnungsliebe das Geld kontrollieren und nachzählen müssen. Aber das wollte ich dem armen Ordnungshüter nicht antun. Ich kritzelte meinen Namen auf ein vorgehaltenes Stück Papier und zog mich in meine Wohnung zurück.
Ungewohnt still war es draußen auf der Straße und auch ungewohnt hell, obwohl es gerade erst kurz nach acht Uhr war. Der Blick aus dem Küchenfenster gab mir die Erklärung: Der Templergraben war in Schnee verpackt und es schneite immer noch weiter. Fast einen halben Meter dick türmte sich die weiße Pracht auf den geparkten Autos. Die Fahrbahn zeigte ein paar eingefahrene

Reifenspuren, ansonsten war sie leer. Wer nicht musste, ließ an diesem Morgen besser den Wagen stehen. Aber auch zum Spaziergang eignete sich das Wetter nicht. Fast bis zu den Knien würde ich im Schnee einsinken. Verständlicherweise hatte noch niemand vor seiner Haustüre gekehrt und würde es wohl auch nicht so ohne weiteres schaffen.

Da war es wirklich sinnvoll, im Bett zu bleiben, es sei denn, man musste wie ich aufstehen. Ich setzte mich an meinen Schreibtisch und griff nach den Unterlagen, die ich über die Entführung von Lennet Kann angefertigt hatte. Theoretisch hatte ich den Fall fast schon gelöst, da war ich mir sicher. Ich konnte aber erst dann zuschlagen, wenn Lennet Kann nicht mehr in den Klauen der Entführer war oder ich mit ihm sprechen konnte. Dann würde sich auch herausstellen, ob er mit den anderen gemeinsame Sache gemacht hatte oder ob er tatsächlich das Opfer gewesen war.

Ebenso war ich mir sicher, dass es heute nicht zu einer Übergabe des Lösegeldes kommen würde. Das Wetter hatte nach meiner Auffassung den Verbrechern einen Strich durch die Rechnung gemacht.

Sollte ich auch diesmal Recht behalten, so hatte ich ein weiteres, wichtiges Puzzlesteinchen an der richtigen Stelle eingesetzt.

Gespannt wartete ich auf den Anruf um neun Uhr, er würde mir Gewissheit bringen. Wie würden die Kidnapper die Übergabe arrangieren?

„Sie haben das Lösegeld in der von uns gewünschten Form?", fragte mich der Unbekannte, kaum dass ich mich am Telefon gemeldet hatte.

Meine bejahende Antwort kommentierte er mit einem knappen „Gut", um mir dann einen Befehl zu geben: „Besorgen Sie sich den Wegeplan für den Rosenmontagszug, Herr Grundler, und kommen Sie morgen um zehn Uhr mit Geld und Plan zum Parkplatz an der Jesuitenstraße. Wir rufen Sie in der dortigen Zelle an."

Damit hatte der Gauner sein Tagwerk getan und ließ mich mit meiner Phantasie allein. Mit keiner Silbe hatte er von der Verzögerung durch den Schneefall gesprochen, in seinem Tonfall war keine Spur von Enttäuschung zu hören gewesen. Täuschte ich mich etwa doch?

Das konnte nicht sein, sagte ich mir, und ich überlegte, ob ich nicht besser meinen neuen Freund, den Polizeipräsidenten, einschalten sollte.

„He, du, was ist mit dir?" Gähnend reckte sich Sabine, die im kurzen Hemdchen und Slip in der Tür zum Schlafzimmer stand.

„Was soll schon sein?", antwortete ich, „ich habe gerade ein Rendezvous mit den Entführern vereinbart und will jetzt wieder schlafen." Ich deutete mit der Hand aus dem Fenster. „Bei dem Wetter ist es besser, liegen zu bleiben."

Sabine kam lächelnd auf mich zu: „Wie Recht du hast. Hast du denn heute noch Zeit für ein Rendezvous mit mir?" Sie nahm mich fest an die Hand und führte mich ins Schlafzimmer. „Ich hab' kalt allein."

Es schien mir, als hätte ich das heute schon einmal geträumt.

Oche alaaf!

Am frühen Nachmittag hatte der Schneefall endlich aufgehört. Wie ich nicht anders erwartet hatte, war der für den Tulpensonntag geplante Kinderkarnevalszug tatsächlich abgesagt worden. Die Karnevalswagen hätten keine Chance gehabt, über die verschneiten Straßen vorwärts zu kommen, den Fußgruppen wäre es unzumutbar gewesen, durch die weiße Pracht zu stapfen, erklärte ein Sprecher des Ordnungsamts im Rundfunk.

Sabine und ich, wir hatten uns in die Küche gehockt und hörten gespannt den Radioberichten über das Schneechaos zu. Doch sollten sich alle Narren trösten, sagte der Sprecher. Alle Wagen des Kinderzuges dürften am Rosenmontag vor dem eigentlichen Festzug durch Aachen fahren. Denn der große Zug würde auf alle Fälle ziehen.

Mit Schneepflügen wurde unermüdlich der Zugweg abgefahren. Der städtische Bauhof war sicher, bis zum Rosenmontag die Straßen der Innenstadt schneefrei zu bekommen.

„Und wenn wir die Nacht durch mit alle Mann arbeiten müssen", versprach der vom Narrenherrscher abgesetzte Oberbürgermeister im Lokalradio, „der Karnevalszug wird am Rosenmontag ungehindert durch Aachen ziehen können."

„Glaubst du dran?", fragte mich Sabine, die an ihrer Kaffeetasse genippt hatte. „Ich will es nicht glauben. Ich will lieber mit dir hier eingeschneit sein."

Daraus werde wohl nichts werden, bedauerte ich. „Ich glaube schon, dass der Zug ziehen kann. Und ich glaube auch daran, dass es zur Übergabe des Lösegeldes kommt." Ich sah meine Freundin mit melancholischem Blick an. „Das mit dem Eingeschneitsein, das müssen wir wohl aufs nächste Jahr verschieben."

Lange diskutierten wir darüber, ob ich den Polizeipräsidenten vorwarnen sollte oder nicht. Zunächst war ich dagegen, weil ich befürchtete, die Polizei könnte zu schnell oder zu spät eingreifen und damit das Leben von Lennet Kann aufs Spiel setzen.

Sabine überzeugte mich aber davon, dass ich die Polizisten durchaus für meine Ziele einsetzen konnte.

„Du brauchst ja nur das zu sagen, was sie wissen sollen, um ihren Job so zu erfüllen, wie du es brauchst.", meinte sie. Sie war aufgestanden und hatte mir den Arm auf die Schulter gelegt. „Oder glaubst du etwa, du könntest den Fall ganz alleine lösen?"

„Bestimmt", gab ich mich überzeugt, „aber es wird dann wohl etwas länger dauern."

„Länger als Aschermittwoch?"

Ich sah Sabine erstaunt an. Bis Aschermittwoch musste ich den Fall gelöst haben, wegen meiner Prüfungsklausuren und wegen meiner Wette mit Dieter, fiel mir siedend heiß ein. „Du hast wieder einmal Recht", sagte ich, „ich werde mit dem Polizeichef sprechen."

Bester Stimmung liefen wir durch die in Schnee verpackte Stadt zur Theaterstraße. Es war überraschend, wie schnell die Räumfahrzeuge auf den Straßen gearbeitet hatten. Zwar türmte sich der Schnee noch an den Gehwegen und Fahrbahnrändern, doch war die Straße schon sehr gut passierbar.

„Die kriegen das tatsächlich noch hin bis zum Rosenmontag", meinte ich staunend zu Sabine, als wir in der Kanzlei angekommen waren.

Sabine suchte nach den restlichen blauen Müllbeuteln, die ich achtlos in irgendeine Ecke geworfen hatte, ich kramte auf meinem Schreibtisch nach der Privatnummer des Polizeipräsidenten.

Er war in keiner Weise ungehalten, als ich ihn anrief und um Mithilfe bat. Es bereitete ihm allerdings erhebliche Kopfschmerzen, als ich ihn bat, keineswegs einzugreifen, sondern nur zu beobachten, wenn es denn überhaupt etwas zu beobachten geben sollte. Einige strategische Punkte an den Aachener Straßen sollten seine Mitarbeiter besonders im Blick behalten, empfahl ich. Auch sollten sie Autokennzeichen notieren.

„Wenn das alles so zutrifft, wie ich es mir denke, dann schnappen wir die Kerle", gab ich mich zuversichtlich.

„Das Wichtigste ist dabei aber, dass wir Lennet Kann so schnell wie möglich frei bekommen. Deshalb ist es ja unumgänglich, dass wir die Gauner nicht vorher einkassieren."

Der Polizeipräsident sagte mir seine Unterstützung zu.

„Wahrscheinlich sind Sie in Ihren Ermittlungen weiter als wir mit unserem Behördenapparat", sagte er scherzhaft, jedenfalls gab er sich den Anschein, als habe er einen Scherz gemacht.

„Wie weit sind Sie denn?", bohrte ich. „Was haben Sie herausbekommen?"

„Über Sie mehr als über die Entführer, Herr Grundler", antwortete der Polizistenchef.

Ich schwieg erschrocken. Warum sich mein Magen verkrampfte, wollte ich ihm nicht sagen.

Beschwichtigend fuhr der Oberpolizist fort.

„Keine Bange, Ihre Vorgeschichte ist abhakt", sagte er. „Ihr Ehrgeiz imponiert mir und Ihre Beharrlichkeit. Das ist wohl auch der Grund, weshalb ich Sie unterstütze."

Seine erste Handlung war es, mir den Zugplan zu verschaffen. Er würde eine Kopie in meinen Briefkasten werfen lassen.

„Die Vergangenheit lässt einen nie los, Tobias", meinte Sabine nur, als ich ihr auf dem Weg zurück in meine Wohnung von dem Gespräch berichtete. „Du kannst nur deine Lehren aus der Vergangenheit ziehen."

Auch wenn es eine Plattitüde war, ich musste meiner Sekretärin zustimmen. „Das wird wohl so sein", sagte ich und legte meinem Arm um sie. Gerne ließ sie sich an mich ziehen. Eng umschlungen stolperten wir vergnügt durch die Schneemassen zum Templergraben. Der Himmel war wolkenlos und klar. Kein Lüftchen regte sich.

„Das wird ein merkwürdiger Karnevalszug", meinte ich. Die Straßen, über die sich der närrische Lindwurm schlängeln sollte, waren freigeschaufelt worden. Viele Spaziergänger nutzen die ungewohnte Umgebung, stapften durch den hohen Schnee an den Rändern und den Gehwegen oder liefen beinahe trockenen Fußes entlang des Zugweges.

Wir kümmerten uns nicht um die Menschen, Sabine und ich wollten nur für uns sein und verschwanden in meiner Wohnung.

Schon früh standen wir am Rosenmontag auf und ließen den Tag langsam angehen. Nur keine Hektik, nur keinen Stress aufkommen lassen, redete ich mir ein und schaute dennoch alle fünf Minuten auf die Küchenuhr. Der Kaffee wollte mir nicht recht schmecken, der Toast wurde kalt, mit meinen Gedanken war ich überall, nur nicht beim Frühstück mit Sabine in meiner Wohnung.

Sabine ließ mich gewähren. Sie kannte meinen Zustand aus der Arbeit in der Kanzlei, wenn ich mich auf eine komplizierte Sache konzentrierte und alles um mich herum vergaß. Da war es besser, mich in Ruhe zu lassen. Freundlicherweise hatte sie mir aus dem Briefkasten den Zugplan besorgt, den ich mir einprägte.

‚Wo war für die Geiselnehmer die günstigste Stelle?', fragte ich mich. ‚Wo würde ich die Übergabe durchführen?' Viele Gelegenheiten gab es entlang des Zugweges nach meiner Auffassung nicht. Höchstens an drei oder vier Stellen wäre sie sinnvoll. Und wie sollte sie vonstattengehen?

Auf die Antwort war ich gespannt, als ich mich rechtzeitig auf den Weg zur Jesuitenstraße machte. Sabine würde mir, so hatte ich es mit ihr abgesprochen, in einiger Entfernung folgen und mich beobachten. Ich hatte ihr untersagt, einzugreifen oder mir etwa in einer brenzligen Situation zu helfen. Ich wollte nicht riskieren, dass ihr etwas angetan wurde.

„Es reicht, wenn ich draufgehe", scherzte ich, obwohl ich wahrlich nicht zu Scherzen aufgelegt war.

Es war zehn Uhr. Ich stand in der Telefonzelle, aber nichts passierte. Der Apparat blieb stumm. Zehn Uhr, Parkplatz Jesuitenstraße, so hatte ich es mir notiert. So war auch die Ortsangabe, sagte ich mir. Oder hatte ich mich geirrt? Hatten es sich die Entführer anders überlegt? Oder hatten sie sich verspätet. Ich war irritiert.

Zwanzig Minuten lang rührte ich mich nicht von der Stelle, wusste einfach nicht, was ich tun sollte. Den blauen Abfallsack mit der internationalen Geldmenge hatte ich zwischen die Unterschenkel geklemmt. Es sollte bloß keiner auf die Idee kommen, mir den Sack entreißen zu wollen. Beim Blick aus der Telefonzelle fiel mir nichts auf. Es war merkwürdig ruhig draußen, der Schnee erstickte alle Geräusche, Autos fuhren keine, wenige Menschen trotteten über die verschneiten Gehwege, bestimmt unterwegs, um an einer geeigneten Stelle den Karnevalszug zu besichtigen. Sabine stand auf der anderen Straßenseite und fror.

Endlich klingelte es, es war schon fast halb elf.

„Grundler", meldete ich mich unsicher.

„Na, mein Freund, ausgeschlafen?", fragte mich der bekannte Unbekannte jovial.

„Schon wieder müde, weil Sie mich so lange haben warten lassen", knurrte ich.

Doch sah der Entführer offenbar keinerlei Anlass, sich für seine Verspätung zu entschuldigen. „Sie kommen früh genug wieder ins Bett", sagte er nur. „Ich möchte, dass Sie jetzt dem Karnevalszug entgegengehen, und sich in die Fußgruppe Nummer fünfzehn einreihen."

„Wenn's weiter nichts ist", bemerkte ich lakonisch.

„Moment, das ist nicht alles", fuhr der Kidnapper befehlend fort. „Wenn der Zug am Theater vorbeikommt, dann müssen Sie sich ausklinken. Am Theatereingang werden Sie einen Briefumschlag mit einem Hinweis auf Ihr weiteres Handeln finden. Noch Fragen?"

Ich war verblüfft über diese Bemerkung. „Ja", sagte ich schnell. „Was ist mit Lennet Kann?"

Der Kidnapper lachte kurz auf. „Erst die Ware, dann das Geld, Herr Grundler. Wenn alles gut läuft, werden Sie ihn vielleicht heute noch sehen." Viel Erfolg wünschte er mir und legte auf.

Nachdenklich starrte ich den stummen Apparat an. Was sollte das, was hatten die vor?

Kurz entschlossen tippte ich die Notrufnummer der Polizei, schilderte meine Situation und verlangte, den Polizeipräsidenten zu sprechen. Ich war selbst erstaunt, dass es funktionierte. Er hatte wohl tatsächlich alles in die Wege geleitet, um mit mir gemeinsam die Gauner zur Strecke zu bringen. Er werde den Theaterplatz und das Theater beobachten lassen, versicherte er zuversichtlich. „Das kriegen wir hin!"

Ich war mir nicht so sicher. Irgendetwas würden die Ganoven garantiert aushecken. Sie hatten mich heute schon zweimal verblüfft und es würde bestimmt nicht das letzte Mal sein. Auch der Polizeipräsident hatte mir nicht helfen können bei meiner Frage, wer sich hinter der Fußgruppe mit der Nummer fünfzehn verbarg. Er besaß zwar wie ich den Zugweg, aber nicht die Zugaufstellung. Hier hatten wir einen saudummen Fehler gemacht, gestand ich mir zunächst ein. Andererseits schien er uns nach längerem Überlegen doch nicht so gravierend. Wahrscheinlich wollten mich die Gauner nur in der Fußgruppe beobachten, um mir dann am Theater die nächste Anweisung zu geben.

Über Münsterplatz und Ursulinenstraße lief ich zur Peterstraße. Ich verspürte keine große Lust, dem Zug noch weiter entgegen zu gehen und entschloss mich, in einer kleinen Kneipe am Bushof zu warten. Fest hielt ich den kostbaren Müllsack im Griff, während ich mir in der gut gefüllten Gaststätte zum Erstaunen der netten Bedienung ein Mineralwasser bestellte.

„Kein Alkohol an Karneval?", brüllte sie mich fragend an, um die ohrenbetäubende Musik zu übertönen. „Glühwein ist heute der große Renner."

Ich schüttelte ablehnend den Kopf. „Ein Wasser!", brüllte ich zurück.

Wenig später kehrte die junge Frau mit dem Getränk zurück und verlangte allen Ernstes vier Mark für das Glas. „Karnevalszuschlag", schrie sie zur Erklärung. „Ich habe die Preise nicht gemacht."

Etwas ungehalten griff ich in die Gesäßtasche und prompt ins Leere. Ich hatte mein Portemonnaie zu Hause liegen gelassen. Was soll's, sagte ich mir zur Beruhigung

183

und dröselte den Müllsack auf. Ich langte hinein und hielt ein kunterbuntes Geldbündel in der Hand. „Wie hätten Sie es gerne, deutsch, belgisch, französisch oder holländisch?", brüllte ich das hübsche Mädchen an, das mit weit aufgerissenen Augen vor mir stand. Ich nahm einen Zehn-Mark-Schein und gab ihn hin. „Der Rest ist Trinkgeld. Ich brauche wohl eine Quittung", schrie ich, „eine Quittung über zehn Mark."

Die charmante Bedienung musste lachen, zückte ihren Block und schrieb mir eine provisorische Bescheinigung aus. „Mit oder ohne meine Telefonnummer?"

„Gerne, fürs nächste Mal. Heute geht es leider nicht", antwortete ich. „Ich bin im Dienst."

Mit dem Mineralwasser in der linken und dem Geldsack in der rechten Hand drängelte ich mich durch die Kneipengäste zur Straße. Ich war erstaunt, wie viele Schaulustige sich dort schon eingefunden hatten und auf den Karnevalszug warteten. Die Sonne schien aus einem strahlend blauen Himmel und wärmte die Narren. Es schien, als wollte sich Petrus für die Schneemassen entschuldigen, die noch am Sonntag das Leben gelähmt hatten. Wagen und Motorräder der Polizei fuhren die Straße auf und ab, um den Weg für den närrischen Lindwurm freizuhalten. Die Ordnungshüter verwiesen etliche Karnevalsfreunde hinter die Schneebarriere am Straßenrand, was diese nicht immer unkommentiert akzeptieren. Die Polizisten hatten alle Mühe, den Schneebällen auszuweichen, die ihnen entgegengeflogen kamen.

‚Das konnte ja heiter werden', dachte ich mir, wenn gleich die Kamelle werfenden Karnevalisten als Dank dafür eine Ladung Schnee ins Gesicht bekommen würden.

Acht Polizisten hoch zu Ross, die beeindruckend und auch einschüchternd nebeneinander langsam über die Straße ritten, kündigten endlich den Zug an.

„D'r Zoch kütt!" schallte es mir aus verschiedenen Ecken entgegen.

Jetzt wurde es langsam Zeit für mich. Ich zwängte mich durch die Menschenreihen zum Straßenrand und erntete mehrmals ein empörtes „Au Hur!", wenn ich einen Schaulustigen anrempelte. Nur mit Mühe konnte ich verhindern, zurückgerissen zu werden, als ich über den Schneeberg auf die Straße kletterte. Dort wollte mich ein Polizist verscheuchen, der allerdings sofort einlenkte, als ich mich zu erkennen gab. Der Polizeipräsident war wirklich rege gewesen. ,Da konnte ja nichts mehr schiefgehen', sagte ich mir zuversichtlich.

Ich ließ die ersten Abteilungen des Umzuges passieren, die glücklicherweise durch nummerierte Schilder, die von Kindern getragen wurden, erklärt wurden.

Gespannt war ich auf die Fußgruppe mit der Nummer fünfzehn, die hinter einer Musikkapelle aus Horbach herlief. „Die letzten Fans vom Tivoli", so bezeichnete sich die Gruppe. Schwarz-gelb von Kopf bis Fuß in die Vereinsfarben der Alemannia gekleidet, schritten mindestens vierzig Menschen mit Trauermiene bedächtig über die Straße. Jammernd und wehklagend trugen sie einen schwarzgelb angestrichenen, übergroßen, offenen Sarg mit sich.

185

„Das ist alles, was von unserer Alemannia übrig geblieben ist", hieß es auf einem großen, aufgeklebten Plakat.

Wie mein neugieriger Blick in den Sarg ergab, war nichts übrig geblieben von dem Traditionsverein, der schon Jahre lang sportlich und finanziell am Existenzminimum herumkrebste und den es jetzt nicht nur nach Auffassung der angeblich letzten und treuesten Fans endgültig erwischt hatte.

Mit ihrer Aktion trafen sie wohl voll und ganz den Geschmack der Zuschauer, die überall prompt in ein lautes „Ole´ Alemannia, ole´, ole´!" anstimmten, wenn die Gruppe an ihnen vorbeizog. Irgendwie kam ich mir deplatziert vor, als ich in der Schar notgedrungen mitlief. Die Fans nahmen keine Notiz von mir und ließen sich weder von meiner normalen Straßenkleidung noch von meinem blauen Müllsack von ihrem närrischen Treiben abhalten.

Langsam näherten wir uns dem Elisenbrunnen, wo sich die Menschen in gewaltigen Massen versammelt hatten. Es würde bald Zeit für mich werden, mich nach links zu orientieren, um nicht in der Gruppe am Theater vorbeigezogen zu werden.

Das war mein letzter Gedanke. Ich spürte einen feuchten Schwamm in meinem Gesicht, nahm einen stechenden Geruch und einen ekelhaften Geschmack wahr. Dann war es nur noch dunkel um mich herum, dunkel und still.

Nur ganz entfernt hörte ich noch einmal ein leises „Oche, alaaf!"

Aschermittwoch

Als ich die schönen blauen Augen von Sabine erblickte, war ich zufrieden und glücklich. Was auch passiert war, es war gut ausgegangen; ich sah Sabine wieder. Alles andere war da zweitrangig.

Ich sah mich um und stellte fest, dass ich in einem Bett in einem Krankenzimmer lag. Meine Kleidung hing akkurat über einem Stuhl. Es war draußen hell, wie ich mit einem Blick aus dem Fenster erkannte.

„Was ist passiert?", fragte ich neugierig meine Lieblingssekretärin, die neben mir auf der Bettkante saß und meine rechte Hand festhielt. Ich fühlte mich ausgeschlafen und frisch. Schmerzen hatte ich nicht, auch war ich an keine Infusionsflasche angekettet, was ich mit Erleichterung wahrnahm. „Warum liege ich hier?"

„Keine Panik, Tobias." Sabine tätschelte zärtlich meine Hand. „Du bist nur zur Vorsorge hier. Wahrscheinlich fehlt dir nichts. Du kannst schon morgen wieder nach Hause."

Morgen, wann ist morgen?

Sabine lachte auf. „Morgen, das ist Veilchendienstag. Wir haben immer noch Rosenmontag. Es ist erst kurz nach 15 Uhr."

Dann fehlten mir gar nicht so viele Stunden, rechnete ich aus, es mussten ungefähr vier sein.

„Was ist passiert?", wiederholte ich. Ich konnte mich an nichts erinnern.

„Das kann ich dir auch nicht genau sagen", erklärte mir Sabine. „Ich bin zwar immer neben dem Zug hergelaufen und habe versucht, dich nicht aus dem Blick zu verlieren. Aber das war fast nicht möglich. Du hast so eng zwischen den Alemannen-Fans gesteckt, dass ich dich oft für Minuten nicht gesehen habe." Sie sah mich ernst an. „Und dann habe ich dich auf dem Boden liegen gesehen. Die sind fast achtlos an dir vorbeigelaufen." Ihr stockte im Nachhinein noch der Atem.

„Beinahe wärst du noch von einem Traktor überfahren worden. Ein paar Rot-Kreuz-Helfer haben dich zur Seite geschleppt und dann sofort nach hier ins Luisenhospital gebracht. Du warst vollkommen weg."

„Und wo ist der Geldsack?"

„Das kann ich dir nicht sagen." Sabine schüttelte kurz bedauernd ihren hübschen Kopf und schlang dann ihre Arme eng um meinen Hals. „Darauf habe ich nicht mehr geachtet. Ich habe nur noch dich gesehen." Sie sah mir lange und tief in die Augen.

„Das Geld ist doch egal", sagte sie schließlich mit einem flüchtigen Lächeln und drückte ihre Lippen auf meinen Mund.

Gerne hätte ich meine Freundin innig geküsst, doch hinderte mich ein lautes Räuspern daran.

In der Tür zum Krankenzimmer stand ein Krankenpfleger. „Ich bringe Ihnen einen Zimmergenossen, Herr Grundler", meinte er übertrieben höflich, „dann wird Ihnen wenigstens die Zeit nicht zu lang." Er machte den Weg frei für ein Krankenbett, das von einer Schwester in den Raum geschoben wurde.

Vorbei war es mit meiner Einsamkeit mit Sabine, ärgerte ich mich. Da war es wohl besser, von hier zu verschwin-

188

den, bevor ich mich in der Nacht von einem Schnarcher von den Träumen abhalten ließ.

„Wann kommt denn ein Arzt?", fragte ich den Pfleger. „Ich möchte gerne mit einem Arzt reden."

„Können Sie, mein Herr", meinte er gelassen. „Heute noch. Dr. Wolf wird sich um Sie und ihren Zimmergenossen kümmern. Aber fragen Sie mich bitte nicht, um wie viel Uhr das der Fall sein wird." Schnell verließ er mit der Schwester den Raum und ließ Sabine und mich mit dem anderen Patienten zurück, der dick in sein Oberbett eingepackt von mir abgewandt auf der Seite liegend schlief.

„Was sagt denn die Polizei?" Ich wandte mich wieder Sabine zu.

„Ich weiß es nicht. Das ist doch alles so schnell gegangen. Ich war froh, dass die mir überhaupt erlaubt haben, dich im Rettungswagen zu begleiten." Sabine griff wieder nach meiner Hand. „Ich habe nur mitbekommen, dass der Polizeipräsident dich heute noch besuchen wollte."

Das Warten auf den Arzt ging mir auf die Nerven. Ich wollte raus aus dem Bett, raus aus dem Krankenhaus und lag doch nur tatenlos in einem Zimmer herum mit einem Bettnachbarn, der tief schlief. Ich musste mir große Mühe geben, meine Ungeduld zu zäumen und die Ruhe zu bewahren.

Sabine hatte ich losgeschickt, in irgendeiner Pizzeria einen Salat zu besorgen. Mein Magenknurren war erheblich lauter als die pfeifenden Geräusche, die mein Nebenmann von sich gab.

189

Ich weiß nicht, wie oft ich meiner Sekretärin die Szene geschildert hatte, bevor ich in die Bewusstlosigkeit geschickt worden war. Ich hatte nicht bemerkt, sie hatte nichts bemerkt. Offensichtlich hatte sich in der Gruppe mindestens einer der Gauner getummelt. „Das hatten die so geplant", hatte ich beim Gespräch mit Sabine vermutet, „die Sache mit dem Theater war ein Ablenkungsmanöver."

„Und ihr seid darauf alle hereingefallen."

Wir waren tatsächlich alle auf die Entführer hereingefallen, dachte ich, während ich mich auf dem Bett lang ausstreckte und die Hände im Nacken verschränkte. Da gab es noch einiges zu klären.

Ich sah allerdings keine Veranlassung, den Mut sinken zu lassen. Auch aus dieser Pleite ließen sich garantiert Schlüsse ziehen, die uns den Verbrechern näher bringen würden. So weit war ich von der Lösung des Falles noch nicht einmal entfernt, dachte ich mir.

Mein Zimmergenosse bewegte sich, wie ich mit einem Blick zur Seite sah. Er drehte sich im Schlaf von der einen auf die andere Seite und wandte mir den Kopf zu. Für einen Moment verschlug es mir den Atem.

Der Mann, der da im Nebenbett lag, war der Mann, den ich als Lennet Kann kannte.

Mich hielt nichts mehr in dem Krankenbett. Hastig sprang ich hinaus und musste das leichte Schwindelgefühl im Kopf ausgleichen, als ich in meine Jeans und das graue Sweatshirt schlüpfte. Meine Schuhe fand ich samt Strümpfen unter dem Bett.

190

Auf dem leeren und stillen Flur orientierte ich mich schnell zum Schwesterzimmer.

„Wo ist der Doktor? Ich muss ihn sofort sprechen", sagte ich laut zu dem Pfleger, den ich offensichtlich beim beginnenden Doktorspielchen mit einer Lernschwestern gestört hatte, und verlangte außerdem unverzüglich ein Telefon. „Ich muss unbedingt die Polizei informieren."

Die beiden Weißkittel sahen mich verschämt und empört an. „Sie müssen überhaupt nichts", wollte mich ein Pfleger zurechtweisen. „Sie haben gefälligst im Bett zu liegen und zu warten!", gab er mir unwirsch im Befehlston zu verstehen. „Machen Sie 'ne Mücke, aber flott, mein Herr!"

Heute hatte ich meinen Vorrat an Geduld und Höflichkeit erschöpft. Ich hatte keinerlei Lust, mich auf irgendwelche Grundsatzdiskussion mit dem Nachwuchscasanova einzulassen.

„Männlein", sagte ich streng, „lass' deine Finger aus der Braut und beweg' deinen Arsch. Entweder steht in einer Minute der Arzt hier in der Tür oder du hast den Polizeipräsidenten an der Strippe oder du hast die längste Zeit hier Dienst gemacht."

Offenbar hatte ich nicht die richtige Tonlage getroffen, denn der Pfleger näherte sich mir wutschnaubend und wies mit dem ausgestreckten Arm auf mein Krankenzimmer.

„Hopp, hopp!", sagte er bestimmend, „leg' dich ganz schnell und brav in dein Bettchen, bevor der böse Onkel Doktor mit der dicken Spritze kommt. Wir haben das nicht gerne, wenn unsere Kranken den großen Macker spielen."

„Und ich kann es auf den Tod nicht leiden, wenn ein Nichtsnutz wie du bestimmen willst, was ich zu tun habe", konterte ich. Ich hatte es eilig. „Leck' mich!", sagte ich noch, ging zurück auf den Flur und suchte den Ausgang.

Ich kam nicht weit und spürte einen festen Griff im Nacken. „Du bleibst hier, mein Freund", fauchte der Pfleger.

„Was ist denn hier los?" Laut meldete sich jemand hinter uns zu Wort und verhinderte dadurch, dass ich dem Pfleger den Ellenbogen in die Rippen rammte.

Der Pfleger ließ mich los. „Nichts Besonderes, Herr Doktor", sagte er, während wir uns beide umdrehten. „Der wollte sich nur unerlaubt entfernen."

Ich achtete nicht auf das dumme Gelaber, sondern näherte mich sofort dem jungen Doktor, dem ich mich vorstellte. „Wie bin ich nach hier gekommen? Was ist mit mir?"

Auf dem Weg zurück ins Krankenzimmer klärte mich Wolf auf. Ich sei bewusstlos eingeliefert worden. Wahrscheinlich hatte man mir eine Dosis Chloroform verpasst.

„Jetzt sind Sie wieder auf dem Damm und könnten eigentlich sofort wieder gehen."

„Dann packe ich gleich meine Klamotten und bin weg", sagte ich erleichtert, doch bremste mich Wolf.

„Sie müssen schon bis morgen hier bleiben. Wir müssen Sie ja noch offiziell aufnehmen und entlassen. Das geht aber nur, wenn unsere Verwaltung besetzt ist." Fast schon entschuldigend sah er mich an. „Heute auf Rosenmontag arbeitet nur die Notbesetzung."

„Was ist denn mit meinem Zimmergenossen?", fragte ich neugierig.

Wolf winkte ab. „Das geht Sie nichts an. Ich habe eine Schweigepflicht."

„Und ich will ein Verbrechen aufklären", hielt ich dagegen. Wolfs Verblüffung entnahm ich, dass er nicht im Bilde war. Schnell schilderte ich ihm den Sachverhalt und er raunzte den Pfleger an, endlich und sofort die Polizei zu alarmieren. „Wenn jemand von der Polizei hier ist, sage ich Ihnen, was ich weiß", schlug er vor und blickte zum Ende des Flurs. Ein Lächeln legte sich auf sein Gesicht, er spannte den Körper und atmete tief durch.

Den Grund für seine Veränderung zum Gockel erkannte ich sofort.

Sabine war zurückgekommen und brachte mir einen Salat.

„Nichts für ungut", tröstete ich den jungen Arzt, „die Schöne ist schon verheiratet."

Der Polizeipräsident, der mich erstaunlich freundlich begrüßte, hatte noch einen Kollegen mitgebracht; einen Kommissar namens Böhnke, den er als Leiter des Sondereinsatzkommandos Lennet Kann vorstellte.

Der Mann war mir auf Anhieb sympathisch. Er erinnerte mich an einen Kommissar, mit dem ich mich vor Jahren einmal in Düren auseinandergesetzt hatte.

„Gibt's das SEK schon lange?", fragte ich überrascht.

193

„Nein", bekannte der Oberpolizist freimütig, „das habe ich eben eingesetzt."

Wir hatten es uns in dem Krankenzimmer an einem Tisch bequem gemacht. Lennet Kann schnarchte immer noch leise vor sich hin.

„Wahrscheinlich ist der nicht krank", sagte Wolf mit einem abschätzenden Blick. „Er ist knapp zwei Stunden nach Ihnen eingeliefert worden, Herr Grundler." Er grinste kurz. „Das war schon fast eine Duplizität der Ereignisse. Sie waren bewusstlos in der Innenstadt aufgefunden worden, der Senior lag bewusstlos auf einer Bank am Adamshäuschen."

„Wo ist das denn?", fragte ich spontan. Diese Ecke kannte ich nicht.

„In der Nähe der Lütticher Straße", klärte mich Böhnke auf.

„Wie lange hat er dort gelegen?"

„Nicht allzu lange. Skilangläufer, die dort im Gelände ihre Runden drehten, haben ihn entdeckt. Die brauchten so eine gute Viertelstunde für eine Runde."

„Und wie kam er da hin?" Eigentlich hätte ich nicht zu fragen brauchen. Aber vielleicht hing ja an diesem Mosaiksteinchen noch ein anderes.

Doch Böhnke konnte mir nicht weiterhelfen. „Da fragen Sie ihn besser selber", schlug er vor. „Ich kann es Ihnen nicht sagen."

„Wahrscheinlich wird Lennet Kann es Ihnen auch nicht sagen können", mischte sich der Arzt ein, „der hat wohl eine Ladung Betäubungsmittel bekommen, mit der man eine ganze Elefantenherde ausschalten kann. Der hat garantiert nichts mitbekommen."

„Wann ist der denn ansprechbar?", hakte ich nach, „es kann jetzt auf jede Minute ankommen."

„Ich schätze, so gegen acht bis neun Uhr heute Abend", antwortete Wolf. „Vorher läuft nicht viel."

Stumm sahen wir uns alle an. Sabine hielt immer noch den Salat in der Hand, der Pfleger hatte sich verwirrt vors Fenster gestellt.

„Was tun wir jetzt, Herr Grundler?", fragte mich der Polizeipräsident, wobei mir nicht klar wurde, ob er es ernst meinte oder nur so tat.

„Ich esse jetzt", antwortete ich. „Die Polizei ist am Zuge. Schnappen Sie die Kidnapper. Die können noch nicht weit sein."

Der Oberpolizist lachte gequält auf. „Und wo sind sie?"

Ich tat gelangweilt, als ginge mich das überhaupt nichts an und stocherte in den eiskalten Tomatenscheiben herum. „Einer wird wohl noch in Aachen sein, einer steckt bestimmt in Belgien, der dritte in Holland und der vierte ist garantiert schon auf den Weg nach Frankreich." Das war zwar nur eine Vermutung, weil ich mir nicht vorstellen konnte, dass die Gauner die Geldmenge so schnell auseinander trennen konnte, aber darauf kam es nun auch nicht mehr an.

„Ich hatte eigentlich gehofft, Sie würden mir etwas Neues sagen, Herr Grundler", bemerkte Böhnke, anstatt mein Kombinationsgeschick zu loben. „Mit Verlaub, aber soweit waren wir auch."

195

„Und?" Ich sah ihn fragend an. „Hat Ihnen dieses Wissen denn genützt?"

„Tobias!" Sabine sah mich mit funkelnden Augen an. Werde bloß nicht hämisch, wollte sie mir damit sagen.

„Nein", bekannte Böhnke sachlich. „Aber Sie haben bestimmt noch weitere Anhaltspunkte, die sich mit unseren decken."

„Welche haben Sie denn?", fragte ich sofort zurück.

Die Erkenntnis, die Entführung sei von langer Hand und mit großer Gründlichkeit vorbereitet, riss mich fast von Hocker. Die Wahrscheinlichkeit, dass es sich um ein Quartett handelte, sei sehr hoch, meinte Böhnke. Jedoch erzählte er mir auch damit keine Sensation. Das hatte ich mir schon längst gedacht in Anbetracht des internationalen Lösegelds aus vier Ländern. Auch spräche ja alles dafür, dass Lennet Kann nicht Komplize der Entführer sei, fügte Böhnke hinzu.

,Auf diese Folgerung wäre ich von allein nicht gekommen', dachte ich mir, aber ich verkniff mir eine Bemerkung. Was tat die Polizei bloß den ganzen Tag lang außer Däumchendrehen?

„Wie sieht es denn mit seiner rechten Hand aus?", fragte ich vielmehr. „Gehe ich recht in der Annahme, dass er noch alle fünf Finger besitzt?"

Der Polizeipräsident sah mich verblüfft an, während Böhnke ans Bett schritt und die rechte Hand von Lennet Kann betrachtete. „Sie haben recht, Herr Grundler."

„Habe ich mir doch gleich gedacht", kommentierte ich erleichtert. Damit war ja schon fast alles klar. Jetzt fehlte mir nur noch eine Aussage von Lennet Kann, und der Fall war geklärt.

„Ich muss so genau wie möglich wissen, wie lange Lennet Kann bewusstlos war. Es ist also gut, wenn wir beobachten, wann er wieder zu Bewusstsein kommt", sagte ich zu Wolf, der dem Pfleger mit einem kurzen Kopfnicken zu verstehen gab, dass er für diese zeitintensive Aufgabe verantwortlich war.

„Wie kommen Sie darauf, Herr Grundler?" Wieder gab der Polizeipräsident nicht zu verstehen, ob er tatsächlich unwissend war oder nur so tat.

Ich legte das Besteck zur Seite und reckte mich auf meinem Stuhl. ‚Also gut', dachte ich mir. Es war wohl an der Zeit, den Fall darzulegen.

„Es gibt doch nur zwei Möglichkeiten", antwortete ich ihm, „entweder hat er noch alle fünf Finger oder er hat sie nicht. Ich habe einfach die These aufgestellt, der von den Kidnappern präsentierte Finger ist nicht von Lennet Kann und kam damit zwangsläufig zur nächsten Frage: Wer verzichtet schon gerne freiwillig auf einen Finger?"

„Natürlich niemand", sagte Sabine unwillkürlich.

Ich lächelte sie an. „Daraus ergab sich, dass der Finger nicht von einem Lebendigen, sondern wohl von einem Toten stammen musste. Oder?"

Meinen fragenden Blick beantworteten der Polizeipräsident und sein Kommandoleiter mit einem zustimmenden Kopfnicken. Sie konnten mir offensichtlich folgen, dachte ich mir erleichtert, wenn sie nicht schon selbst diesen Gedanken gehegt hatten, mir gegenüber aber die Unwissenden mimten. Aber das war mir im Moment ziemlich egal.

„Wie wir aus der medizinischen Untersuchung wissen, handelt es sich um einen Finger, der erst wenige Stunden, bevor wir ihn erhielten, abgetrennt wurde, nicht wahr?" Ich blickte in die Runde und erntete wieder von den Kriminalisten eine Bestätigung.

„Also musste es sich um den Finger eines älteren Mannes handeln, der kurz zuvor gestorben war. Oder?" Ich wartete die zustimmende Antwort nicht ab und fuhr fort. „Wie ich aus den deutschen Standesämtern der Region erfahren habe, sind hier zum damaligen Zeitpunkt zwei Männer gestorben, die in Frage gekommen wären. Beide sind aber unversehrt, wenn ich das so salopp sagen darf, begraben worden." Ich legte eine kurze Atempause ein. „Außerdem könnten wir sie ja immer noch exhumieren und untersuchen lassen."

Das gelte ja wohl auch für Leichen, die in den benachbarten Bezirken begraben wurden, wandte Böhnke ein. „Was ist denn mit den Krematorien?"

Mit dieser Frage verblüffte mich wieder einer der Kriminalisten. Konnten die etwa Gedankenlesen oder wussten die doch mehr als sie preisgaben?, fragte ich mich. Aber ich sah keine Veranlassung mehr, auf dumm zu schalten. Es ging ja immerhin um die letzte Etappe bei der Aufklärung eines Verbrechens. Dieter würde es bestimmt gerne sehen, wenn er sein Geld zurückbekäme.

„Eine gute Frage", lobte ich den sympathischen Kommissar. „Die Antwort darauf bringt uns ein ganzes Stück weiter. Wie wir alle wissen, dauert es in Aachen eine Ewigkeit, bis eine Leiche verbrannt wird. Die kommt erst ins Kühlhaus und wird gelagert. Sie werden mir zustimmen, wenn ich sage, dass kein Ganove das Risiko eingeht, einer Leiche einen Finger abzuschneiden, von der er weiß, dass sie noch für Wochen herumliegt."

Allgemeines Kopfnicken bestätigte mich.

„Es musste also eine passende Leiche her, von der der Täter wusste, dass sie sofort verbrannt wird, nachdem er den Finger abgeschnitten hatte." Ob es am Thema lag, dass ich wieder hungrig wurde oder an der schlechten Krankenhausluft, war mir einerlei, jedenfalls verspürte ich wieder ein lautes und langes Magenknurren.

„Wie wär's mit 'ner Pommes mit Currywurst?", bat ich Sabine. „Du kennst doch die Geschichte." Meine Sekretärin und detektivische Assistentin lachte und ging fort.

„Die Überlegung brachte mich nach Heerlen. Dort können Sie Ihre Leichen quasi im Stundentakt einäschern lassen", erklärte ich dem Polizeipräsidenten, der mich staunend, vielleicht sogar bewundernd, ansah. „Da gibt es nicht so eine umständliche Bürokratie wie in Deutschland, wo sie wochenlang auf einen Termin warten müssen. Ich glaube, das Krematorium in Heerlen wird privat betrieben."

Ich stand auf und ging durchs Zimmer. „In Heerlen waren die Leute recht auskunftsfreudig. Die haben mir bereitwillig alle Unterlagen über die in Frage kommenden Einäscherungen zur Verfügung gestellt."

Datenschutz hin, Datenschutz her, dachte ich mir, die 200 Gulden hatten alle Datenschutzgesetze ausgehebelt. Aber das brauchte ich den deutschen Gesetzeshütern

199

nicht unter die Nase zu reiben. Sie sollten froh sein, wenn sie von mir brauchbare Ergebnisse bekamen.

„Ist ja eigentlich optimal. Nachdem ein Arzt den Tod bescheinigt hat, säbele ich der Leiche einen Finger ab, stecke sie in den Sarg, bringe sie nach Heerlen und schiebe sie in den Ofen", fuhr ich fort. „Nach den Unterlagen aus dem Krematorium in Heerlen kamen nur zwei Leichen in Betracht; eine aus Simpelveld und eine aus Walhorn. Für die Zwecke der Entführer schien mir die Leiche aus Belgien besser geeignet.

Der verstorbene Senior ist ausgerutscht, auf den Hinterkopf geschlagen und hatte es hinter sich, der andere Mann soll, so wurde mir gesagt, ein halbes Jahr in einer Jauchegrube gelegen haben."

Diese Spur führte mich also nach Belgien, schilderte ich meinem interessierten Publikum. Dass ich auch andere Hinweise besaß, die dafür sprachen, dass mindestens einer der Ganoven in Belgien beheimatet war, erklärte ich den Kriminalisten nicht. Später würde ich ihnen vielleicht noch sagen, dass schon der erste Brief der Entführer einen Fingerzeig nach Belgien geliefert hatte, da die Buchstaben aus dem Grenzecho ausgeschnitten waren, wie Sabine herausgefunden hatte. Und auch der Versprecher am Telefon, als mich der Kidnapper mit „Gründler" anredete, war sehr aufschlussreich. Im belgischen Grenzraum, in dem die deutsche und die französische Sprache aufeinandertrafen und ineinander übergingen, konnte man sich verdammt schnell einmal verplappern und einen deutschen Namen ansatzweise französisch aussprechen.

„Nun gut." Ich beendete meine Wanderung durch das Krankenzimmer und setzte mich wieder an den Tisch. „Vielleicht können Sie freundlicherweise eine Landkarte von Belgien und einen Zirkel besorgen", bat ich Wolf, der mich aber nur hilflos anschaute.

„Keine Sorge, das geht schon klar", sprang ihm Böhnke hilfreich zur Seite. „Ich kümmere mich darum, wenn Sie mir zeigen, wo ein Telefon steht."

Gemeinsam gingen die beiden auf den Flur.

„Sie glauben also, dass das Gaunerquartett in Belgien beheimatet ist?", fragte mich der Polizeipräsident.

„Nicht unbedingt", antwortete ich. „Ich glaube, dass mindestens einer der Viererbande in Belgien lebt."

„Und in einem Beerdigungsinstitut arbeitet", ergänzte der Polizeichef.

„Darauf wäre ich nicht gekommen", meinte ich grinsend. Seine Feststellung traf sicherlich zu, aber das brauchte ich ihm nicht zu sagen. Ich hatte längst schon an den Leichenwagen gedacht, der bei der Karnevalssitzung in Eilendorf im Saaltheater Geulen neben Dieters Daimler geparkt war. Der hatte ein belgisches Kennzeichen gehabt, wie ich mich erinnerte. Wahrscheinlich hatten die Entführer Lennet Kann in diesem Wagen mitgenommen, betäubt und ordentlich in einem Sarg verpackt, so stellte ich es mir vor.

‚Hoffentlich wachte der Senior bald auf', sagte ich mir. Er würde mir garantiert wichtige Hinweise geben.

„Was haben denn Ihre Beobachtungen an den Einfallstraßen nach Aachen gebracht?"

Der Polizeipräsident war erstaunt, als ich ihn danach fragte. „Wenn Sie mich so fragen, Herr Grundler, keine besonderen Vorkommnisse; noch nicht einmal Leichenwagen mit einem belgischen Nummernschild."

War das jetzt Zufall oder hatte der Oberpolizist wieder einmal mehr gewusst als ich? Ich wurde nicht mehr schlau aus dem, was die Polizei mit mir spielte.

„Das bedeutet aber, dass Lennet Kann entweder mit einem in Deutschland zugelassenen Wagen von Belgien nach Aachen gebracht wurde oder hier in der Nähe versteckt worden ist", folgerte ich laut.

„Und wenn wir davon ausgehen, dass die Gauner das Lösegeld sofort auf vier Nasen aufteilen, spricht einiges dafür, dass sie in Deutschland und wahrscheinlich sogar in Aachen einen Unterschlupf oder Außenposten haben", ergänzte der Polizeipräsident.

Ich musste ihm zustimmen. Das schnelle Reagieren im Eurogress, das blitzschnelle Handeln in Quellenhof sprachen ebenso dafür wie die prompte Lieferung von Briefen. Da waren mindestens zwei Mann beteiligt; einer im Eurogress und einer im Hotel. Und, so fragte ich mich, welcher Auswärtige käme schon auf die Idee, ausgerechnet im Kapuzinerhäuschen sein Bierchen zu schlabbern? Der junge Typ, der Sabines Macker ausgequetscht hatte, war zwar nur einmal dagewesen, aber wahrscheinlich nur deshalb, um später nicht vom Noch-Gatten meiner Liebsten erkannt zu werden.

„Könnten Sie bei der Post nachfragen, wer dort im Laufe des letzten Jahres entlassen wurde?", bat ich den Kriminalisten. Ich würde gerne meine Erkenntnisse, die ich in der Theorie zusammengekramt hatte, an einem Namen festmachen. Nach meiner Überzeugung musste ein Mitarbeiter oder ein ehemaliger Mitarbeiter der Telekom, was ich für wahrscheinlicher hielte, bei der Gaunerbande mitgemacht haben. Wie sonst hätte er die geheime Privatnummer von Dieter wissen können? Wie hätte er eine Liste aller anrufbaren Telefonzellen in Aachen besitzen können? Diese Liste wurde so vertraulich behandelt, dass die Telekom sie weder mir noch Dieter herausrücken wollte. Und schließlich musste er noch über offizielles Arbeitsmaterial verfügen. Sonst hätte er nicht so schnell im Hauptpostamt die Telefonzelle für eine kurze Zeit sperren können, um mir den Schließfachschlüssel zukommen zu lassen.

Der Polizeipräsident nickt kurz. „Kein Problem, Böhnke wird's bis morgen früh richten." Er sah den Kommissar fordernd an, der das Zimmer wieder betreten und meine Bitte gerade noch mitbekommen hatte.

Böhnke machte sich eine Notiz und schaute mich staunend an. „Fall gelöst?"

„Noch nicht ganz", bekannte ich. „Ich muss noch mit unserem Opfer sprechen", sagte ich mit einen Fingerzeig auf den selig schlummernden Lennet Kann, „und mit dem Vorsitzenden des AKV."

„Warum denn mit dem?"

„Da ist noch eine Kleinigkeit, die ich geklärt haben will. Quasi als Bestätigung meines Wissens oder, besser gesagt, meiner Vermutung." Worin diese Vermutung bestand, ließ ich bewusst offen.

„Warum denn nicht heute noch?" Böhnke war auf angenehme Art hartnäckig. Er wusste wohl, dass es auf jede Minute ankommen konnte.

„Wenn Sie es arrangieren können?" Ich war wenig zuversichtlich. „Die Funktionäre sind doch jetzt alle bestimmt beim gegenseitigen Schulterklopfen, wie toll sie wieder die Session abgewickelt haben. Da will ich nicht stören."

„Da können Sie ganz gewiss stören", schaltete sich der Polizeipräsident grimmig ein. „Der AKV-Boss ist irgendein Vetter meiner ersten Frau, der hat gefälligst mit Ihnen zu reden." Er drehte sich Böhnke zu: „Wo ist das Telefon?"

Wenig später war er verschwunden, um mir nach einigen Minuten zu sagen, dass sein ehemals angeheirateter Vetter sich sofort auf den Weg ins Luisenhospital machen würde, mitsamt allen Unterlagen über die Session, wie ich es gewünscht hatte.

Langsam, aber sicher wurde mir der Entführungsfall sonnenklar. Jetzt ging es nur noch darum, die Gauner dingfest zu machen, ehe sie sich mit den paar Kröten aus dem Staub gemacht hatten. Ich setzte hier auf den Schnee, der nach wie vor den Straßenverkehr und die Eisenbahnverbindungen erheblich behinderte. Vielleicht würde dadurch der Zeitplan der Gauner durcheinander geraten, so hoffte ich.

Das Gespräch mit den beiden Polizisten und dem immer noch schweigenden Wolf aus Zuhörer geriet ist Stocken. Mir fiel Sabine ein, die immer noch nicht zurück war, und prompt gab mein Magen wieder ein lautes Knurren von sich.

Ob es mein Magen war oder das Öffnen der Zimmertür durch Sabine, das Lennet Kann aufweckte, vermochte ich nicht zu sagen. Das war mir aber auch egal. Endlich regte sich der Senior wieder, der zunächst verwundert und dann erschrocken um sich blickte.

„Keine Sorge", redete der Arzt beruhigend auf den Mann ein. „Sie sind in Sicherheit und Sie sind gesund." Er hatte die Hand von Lennet Kann genommen und fühlte dessen Puls. „Sie sind okay. Morgen können Sie nach Hause."

„Ich han Honger bes onger jen Ärrm", sagte Lennet Kann nur und schnupperte. „Ich han Appetit op en Wooesch met Fritte."

Seufzend stand ich vom Tisch auf und brachte meine Portion an sein Bett. „Lassen Sie es sich schmecken, guter Mann", forderte ich ihn großzügig auf. Ich war begeistert von seiner Sprache, ich könnte ihm stundenlang zuhören.

Es war schön, dass sich Sabine sofort wieder auf den Weg machte. Dankbar lächelte ich ihr zu, und sie deutete mit ihren Mund einen Kuss an.

Lennet Kann blinzelte mich nervös an. „Va wöm bes du?", fragte er mich.

Ich glaubte, ihn verstanden zu haben und stellte mich höflich vor. „Haben Sie den Namen Tobias Grundler schon einmal während Ihrer Gefangenschaft gehört?"

Lennet Kann schüttelte verneinend den Kopf und biss in ein Kartoffelstäbchen. Fast angewidert spukte er seinen Bissen wieder aus. „Bases, wat ene Dreck! Dat sou Fritte sin? Dat es doch et reng Fett. Da ha ich in deä letzten Zitt vööl beistere jehan."

205

Unwillkürlich musste ich grinsen und sah den Polizeipräsidenten an, der wohl das Gleiche dachte wie ich. Wahrscheinlich hatte das Versteck von Lennet Kann im Land der Pommes frites gesteckt. Malmedy fiel mir wieder ein mit der angeblich besten Pommes-Bude von ganz Belgien und damit der ganzen Welt.

Der Polizeipräsident erhob sich und grüßte Lennet Kann. „Können Sie uns vielleicht sagen, was mit Ihnen alles passiert ist?"

Der Alte legte sich zurück auf das Kopfkissen und schloss die Augen. „Da jiddet nit völl zu vertälle", sagte er. „Ich ha gerad minge Optritt bei Jeule beendet und wollt op de Stroaß und zum Taxi. Da ha ich dann ne nasse Lappen oder so jet vor der Monk jehabt und dann war ich fott. Und dann war da alles nur noch schwatt um mich eröm."

Ich konnte mir gut vorstellen, was passiert war. Die Entführer hatten Lennet Kann betäubt und untergehakt zu ihrem Leichenwagen geschleppt. Darauf hatte der wartende Taxifahrer nicht geachtet, damit konnte er wohl auch nicht rechnen. Den Kellner, der ihnen vielleicht folgen wollte, hatten sie mit dem Warnschuss gestoppt.

„Was passierte weiter?", fragte der Polizeichef ausgesprochen höflich.

„Ich bin dann opjewaat und han op en Bett jeleäje in nem Raum. Der war total weiß. Da stand nur en Bett drin, ne Tisch und en Stoll, mehr nicht. Ich ha da immer koud gehann."

Ich konnte nicht anders, ich musste schmunzeln. Wo sonst in Deutschland hatten die Menschen kalt oder warm, außer in Aachen? Damit verrieten sich die echten Öcher unweigerlich überall.

Lennet Kann fuhr mit seiner Schilderung fort. „Op der Stoll saß en Mann mit en schwatt Wollmask. Der hat mich dann jesaat, dat ich jekidnäppt bin. Et würd mich nix passiere, wenn Lösejeld für mich jezahlt widd. Die han mich jeder Daag de Zidongk jebraat und mich dann immer jeknipst met so nem Polaroid-Knipser."

Wieder konnte ich mir ein Schmunzeln nicht verkneifen. Es war schon zu komisch, wie der alte Karnevalist das Polaroid aussprach.

„Was geschah weiter?" Der Polizeipräsident sah Lennet Kann aufmerksam an.

Der Alte erwiderte ruhig den Blick. „So jing dat Daag för Daag, ich weiß nit wie lang. Deß Morjens jab et jet te eiße, meddes und Ovvend. Immer kam da so en Kerl mit en Kapuze op der Kopp." Lennet Kann versuchte angestrengt, sich zu erinnern, aber viel fiel ihm nicht ein. Er zuckte bedauernd die Schultern. „Jedenfalls han die mich dann hück morjen jesaat, es sei alles kloar. Die wollte mich nach Oche bringe, han die jesaat, und dann han mich so ne Schmierlapp wieder dat stinkende Zeuch vor die Nas jehalte."

„Wann war das denn ungefähr?", fragte ich vorsichtig. „Haben Sie denn heute noch gefrühstückt.

„Aber sicher doch." Lennet Kann nickte mit dem Kopf.

„Mussten Sie dann noch lange warten oder kamen die Entführer anschließend sofort mit dem Chloroform?" Auf die Antwort war ich gespannt.

„Ne ne, dat war nich sofort. Dat hat noch jet jedürt", antwortete der Senior, „bestimmt noch drei Stunden."

„Woher wissen Sie das?", fragte ich verblüfft.

„Von der Kirchturmuhr natürlich. Die han ich immer jehört. Die hat zwölf jeschlagen, dat han ich noch mitbekommen", sagte er überzeugt.

Dem alten Charmeur huschte ein Lächeln über die Lippen, als er Sabine sah, die gerade wieder mit einer neuen Essensportion zur Tür hereinkam. ‚Dann würde ich halt zwei Currywürste und zweimal Pommes essen', sagte ich mir und strahlte meine Sekretärin an.

Ich zog mich an den kleinen Tisch zurück und packte das Essen aus.

Der Polizeipräsident gesellte sich zu mir. „Was meinen Sie, wie lange unser Freund bewusstlos war, bevor er entdeckt wurde?"

„Maximal eine Stunde", schätzte ich.

Der Oberpolizist gab mir Recht. Er dachte nach. „Das macht höchstens 50 Kilometer", sagte er schließlich.

Ich stimmte ihm zu. Es war schon erstaunlich, dass er oft meine Gedankengänge hatte. Wie er hatte ich mir vorgestellt, wie Lennet Kann vom Versteck aus zum Fundort gebracht wurde. Rechnete ich das Verladen des Bewusstlosen, den Transport vom Versteck nach Aachen und das unbeobachtete Abliefern mit, blieb höchstens eine Dreiviertelstunde als reine Fahrzeit. Das machte bei den Straßenbedingungen mit viel Wohlwollen eine Fahrstrecke von allerhöchstens 50 Kilometer. In diesem Umkreis rund um Aachen war mit großer Wahrscheinlichkeit das Versteck und eine Bleibe der Entführer. Ich glaubte davon ausgehen zu können, dass ich meinen Blick nach Westen richten musste, nach Belgien, und dort in die deutschsprachige Region.

„Da bleibt nicht viel", dachte der Polizeipräsident laut mit. „Wir müssten jetzt die Landkarte haben." Er sah Böhnke an, der das Gesicht verzog.

„Ich habe den Auftrag weitergegeben. Man wollte sich sofort darum kümmern."

„Mir wäre es lieber, wenn Ihr ehemalig angeheirateter Vetter aufkreuzen würde", sagte ich. Ich vermutete, dass er uns für den Abend weiter bringen würde. Eine Suche in der Dunkelheit in Belgien wäre wahrscheinlich nicht sehr erfolgreich gewesen.

Ich hatte nicht mehr dran glauben wollen, aber das Familientreffen zwischen dem Polizistenchef und dem AKV-Boss fand tatsächlich noch statt. Kurz nach 21 Uhr kam der Narren-Präses, doch kam er nicht alleine. In seinem Schlepptau hatte er ausgerechnet den AZ-Reporter mitgebracht.

„Ein angeheirateter Vetter meiner Frau", erklärte er, als er meinen unzufriedenen Blick sah, „und ein ausgezeichneter Vertreter unserer Interessen in den Medien. Außerdem ist er heute mein Chauffeur." Der Oberkarnevalist machte schon alle Anzeichen, sich zu Lennet Kann aufs Bett zu setzen und mit strahlenden Zähnen in die Kamera zu blicken, die der Journalist gezückt hatte.

Glücklicherweise kam mir der Chefpolizist zuvor und untersagte die Knipserei.

Nur unwillig räumte der Schreiberling den Apparat weg und wandte sich sofort schleimig lächelnd Sabine zu.

„Zur Sache", knurrte ich, „haben Sie die Sessionsunterlagen dabei."

Der AKV-Chef kam gerade dazu, meine Frage zu bejahen, da kam schon die nächste Frage. „Auch die von den Vorstellabenden vor den Karnevalssitzungen?"

„Selbstverständlich. Aber was wollen Sie damit?"

Ich blickte den Polizeipräsidenten fragend an. Sollte ich den Narren-Boss tatsächlich aufklären?

Der Polizeipräsident nickte zustimmend. „Damit werden Sie, meine Herren, Mitwisser, und ich muss Sie auffordern, Ihr Wissen bis zur endgültigen Aufklärung des Falles für sich zu behalten, um dem Erfolg unserer Ermittlungen nicht zu gefährden. Das gilt selbstverständlich auch für Sie", meinte er mit einem strengen Blick zu dem AZ-Reporter, der längst schon bei Sabine abgeblitzt war.

Der Schreiberling erbleichte kurz. „Ehrensache", sagte er anschließend leise.

„Hier!" Der Oberkarnevalist reichte mir eine Kladde. „Hierin finden Sie alle Büttenredner und Sänger, die sich vor der Session beworben haben. Aber was wollen Sie damit? Das möchte ich doch gerne wissen."

„Zusammenhänge herstellen", antwortete ich nichtssagend, was der Karnevalist anstandslos schluckte, der AZ-Reporter jedoch nicht.

„Und wie sehen diese Zusammenhänge aus, Herr Grundler?", fragte er spitzfindig.

„Ganz einfach." Ich grinste ihn an. „Ich suche den Zusammenhang zwischen einem ehemaligen Mitarbeiter der Telekom, einem Mitarbeiter eines Beerdigungsinstituts in Belgien, einem gescheiterten Komiker und einem vierten Mann, vielleicht ein Bruder oder ein Freund der anderen. Kapiert?"

„Nicht ganz", offenbarte der Journalist, „hört sich aber spannend an."

„Spannend und doch so simpel", mischte sich Böhnke ein. „Wir brauchen nur alle Fakten zusammenzusetzen", sagte der Schlips- und Anzugträger mit einem anerkennenden Blick in meine Richtung.

Ich nickte kurz und vertiefte mich in die Kladde. Name, Anschrift, Art des Auftritts und Beurteilung sowie die abgeschlossenen Verträge bei wohlwollender Prüfung durch die karnevalistische Jury waren dort für jeden Aspiranten aufgelistet.

Etliche waren durch das Sieb des närrischen Frohsinns gefallen und hatten das Auftrittshonorar schon vor Sessionsbeginn abschreiben können.

Zwei Kandidaten kamen nach meiner Auffassung für die Entführung in Frage. Einer davon war mein eindeutiger Favorit. Er war mir sofort aufgefallen. Den Namen des Mannes, der aus Kelmis stammte, hatte ich in Eupen auf einem Plakat gelesen, das für eine Karnevalssitzung dort warb.

„Der hat bestimmt gedacht, er könne sich das Geld auf diese Weise beschaffen, wenn der böse AKV ihn nicht auf die Bühne lässt", meinte ich zu dem Polizeipräsidenten, den ich mit einem Fingerzeig auf den Namen hinwies. „Gibt es etwas über den?"

211

Wieder war Böhnke gefragt, der sich sofort daran machte, den Auftrag seines Chefs zu erfüllen.

Kaum hatte der nicht mehr junge Kommissar das Zimmer verlassen, stellte der AKV-Chef die für ihn wohl dringendste Frage. „Was ist mit dem Lösegeld? Bekommen wir unseren Teil wieder, wenn die Entführer gefasst sind und Sie das Geld oder einen Teil davon finden. Ich möchte jetzt schon unseren Rückerstattungsanspruch vor den anderen geltend machen."

Ich starrte ihn verständnislos an. Auch sein angeheirateter Vetter blickte entgeistert in seine Richtung.

„Du spinnst wohl. Ihr seid die letzten, die etwas geben und wollt die ersten sein, die etwas bekommen", entrüstete er sich. „Das fehlt auch noch."

Der Polizeipräsident wurde wieder ruhig. „Wenn wir das Lösegeld sichergestellt haben sollten, bleibt es erst einmal bei uns, bis der Fall abgeschlossen ist. Anschließend werden wir es einem guten Zweck zukommen lassen. Wie wär's mit der Kinderkrebsstation am Klinikum?"

Der Obernarr schien von dieser Perspektive wenig angetan. „Da ist das letzte Wort noch nicht gesprochen", brummte er unzufrieden. Er erhob sich. „Kann ich gehen?"

„Ja", antwortete ihm der Polizisten-Chef. „Aber halte bloß die Klappe. Das Gespräch hier ist absolut vertraulich. Hast du mich verstanden?"

Der AKV-Präsident winkte verächtlich ab. „Macht doch euren Scheiß allein. Ich gehe."

Auch der Journalist verabschiedete sich. „Ich muss notgedrungen", bedauerte er, „ohne mich kommt der nicht weit. Ich habe den Autoschlüssel."

Lennet Kann hatte das Geschehen schweigend beobachtet. „Dat is mich alles zuföll. Ich will nach heem." Er machte alle Anstalten, um aus dem Bett zu krabbeln.
Nur mit Mühe konnte ihn Sabine davon überzeugen, dass es für ihn vielleicht besser sei, noch eine Nacht im Krankenhaus zu bleiben und sich am nächsten Tag von Kopf bis Fuß untersuchen zu lassen.
„Ich hole Sie dann auch persönlich hier ab", versprach sie ihm lächelnd, was dem Senior wohl Grund genug war, sich wieder unter die Bettdecke zu verziehen.
„Dat will ich evver schwer hoffen, Mademoiselle." Lennet Kann legte sich auf die Seite und schloss selbstzufrieden die Augen.

„Was tun wir jetzt?" Mit nachdenklichem Blick stellte mir der Polizeipräsident die Frage.
„Wir brauchen die Liste der Telekom und die Auskunft aus Belgien", antwortete ich. „Solange wir die nicht haben, können wir nicht zugreifen."
„Das wird heute wohl nichts mehr werden", zeigte sich der Oberpolizist skeptisch. „Obwohl ..."
„Obwohl, was?", fragte ich neugierig.
„Solange Böhnke nicht zurück ist, gibt es immer noch Hoffnung. Der ist hartnäckig. Mein Bester."
Ich schaute kurz auf eine Uhr, die neben dem Krankenbett von Lennet Kann auf dem Nachtschrank lag.

„Wir haben es fast halb elf. Da ist doch nirgendwo etwas zu machen. Und dann noch auf Rosenmontag." Es gelang mir nicht, meine Unruhe zu verbergen.

„Ich glaube, morgen kann es schon zu spät sein. Dann sind die längst über alle Berge und mit ihnen das Geld." Wegen des Geldes machte ich mir die größten Sorgen. Die Gauner müssten über kurz oder lang wieder zurückkommen, dann könnten wir sie immer noch schnappen. Aber ich wollte nicht, dass sie sich in der Zwischenzeit mit dem Geld anderer Leute, und vornehmlich dem meines Freundes, ein vergnügliches Leben machten.

Der nicht mehr so junge und doch dynamische Böhnke kam tatsächlich noch zurück und platzte in meine Überlegungen. „Ich glaube, wir sind auf dem richtigen Dampfer, meine Herren", frohlockte er. „Der Karnevalist aus Kelmis ist zwar nicht polizeibekannt, wohl aber sein Bruder. Der ist erst vor ein paar Wochen mit einem Leichenwagen in eine Radarfalle getappt. Der arbeitet für ein Bestattungsinstitut in Eupen."

Gerne hätte ich den Kommissar gelobt, stattdessen fragte ich aber nur: „Und was ist mit der Liste von der Telekom?"

Böhnke lächelte gequält. „Haben Sie schon einmal mit der deutschen Bürokratie zu tun gehabt, Herr Grundler?"

Ich zog es vor, die Frage als rhetorisch zu betrachten und wissend zu schweigen. Sonst hätte ich ihn an den Auftakt der polizeilichen Ermittlungen bei der Entführung von Lennet Kann erinnern müssen.

„Man hat mich auf morgen früh vertröstet. Punkt acht Uhr würde mir die Liste ins Polizeipräsidium gefaxt."

Besser als gar nichts, tröstete ich mich. „Dann also bis morgen, ich schlafe jetzt", sagte ich und legte mich rücklings auf mein Krankenbett. Sabine bat ich noch, mich um halb acht abzuholen, um rechtzeitig im Präsidium zu sein. Ich schloss die Augen und hörte nur noch entfernt, wie der Polizeipräsident Böhnke die Anweisung gab, die belgische Polizei um Mithilfe zu bitten.

Der nüchterne Funktionsbau in der Soers, in dem die Aachener Polizei eine neue Zentrale bekommen hatte, versprach nicht gerade Gemütlichkeit. Sachlichkeit und wenig Wärme strahlte das Gebäude aus. Umso mehr überraschte mich die Herzlichkeit, mit der mich der Hausherr in seinem Büro willkommen hieß.
„Kollege Böhnke holt gerade das Fax", berichtete der Polizeipräsident Sabine und mir, während er uns Kaffee einschenkte. „Ich bin gespannt, was dabei herauskommt."
Böhnke machte keine Umwege, als er mit den Blättern ins Büro zurückkehrte. Er reichte sie mir sofort herüber.
Nicht gerade gering war die Zahl der Abgänge bei der Telekom; die meisten Mitarbeiter waren allerdings altersbedingt oder aufgrund einer Vorruhestandsregelung ausgeschieden. Aber auch das Ableben war als Abgang in der Statistik vermerkt.
Vier Namen von Mitarbeitern blieben übrig, die offensichtlich die behördlichen Spielregeln missachtet hatten. Wegen Verstoß gegen die Dienstvorschriften hieß die Begründung für die ausgesprochenen Kündigungen.

„Können wir die Namen abchecken lassen?", fragte ich Böhnke, der nach einem Blick zu seinem Chef zustimmend nickte. Er setzte sich an den Computer und gab die Namen ein.

Ich war erstaunt, wie schnell der elektronische Polizist arbeitete. Schnell hatte er sein Werk erledigt. Viermal schrieb er „Keine Angaben".

„Und jetzt?" Der grauhaarige Kommissar sah mich fragend an.

„Können wir denn einmal versuchen, ob wir unter dem Familiennamen der vier jemand in Ihrer Kartei finden?"

Wieder tippte Böhnke einige Befehle ein, und prompt begann der Kollege Compi zu schnurren und zu pusten.

„Hallo, da haben wir es ja!" Böhnke rieb sich zufrieden die Hände und starrte begeistert auf den Bildschirm. „Der Bruder eines Ex-Postler ist Kunde bei uns. Ein junger, rauschgiftabhängiger Kleindealer. Quasi nur Handel für den Hausgebrauch. Davon gibt es sogar ein Bild. Schauen Sie!", forderte er mich auf.

Auf dem Bild erschien eine neue Maske, die sich schnell mit Punkten füllte. Bald erkannte ich das Gesicht: Es war das des jungen Kellners, den ich schon am Bahnhof gesehen hatte. Zugleich wunderte ich mich über die Erfolglosigkeit von Dieter. Er war doch mit einem Bild des Typens schon einmal unterwegs gewesen, erinnerte ich mich. Aber weder Böhnke noch der Polizeipräsident konnten meine entsprechende Frage beantworten. Es blieb beim ahnungslosen Schulterzucken.

„Wer weiß, welcher Dilettant am Computer herumgefuhrwerkt hat?", sagte Böhnke.

„Wo wohnt der Typ?", fragte ich aufgeregt. „Der läuft mir immer wieder über den Weg."

„Moment." Erneut hantierte Böhnke schnell mit Tastatur und Maus. „Wirichsbongardstraße", antwortete schließlich.

„Wie sein Bruder", ergänzte ich, nachdem ich noch einmal die Telekomliste durchgeblättert hatte.

„Da brauchten die ja gar nicht lange mit dem Lösegeld durchs Städtchen laufen", bemerkte Sabine. „Vom Elisenbrunnen, wo die dich erledigt haben, ist es ja nur ein Katzensprung bis dahin", dachte sie durchaus pragmatisch. „Besser geht's gar nicht."

„Aber nicht gut genug", brummte Böhnke, der entschlossen zum Telefon gegriffen hatte. Unverzüglich beorderte er zwei Streifenwagen in die Innenstadt und forderte zugleich für sich und uns den Fahrdienst an.

Wenige Minuten später standen wir vor der Wohnungstür der Brüder, die bereits von zwei Schutzpolizisten bewacht wurde. Aber wir kamen zu spät. Niemand öffnete auf unser Klingelzeichen.

Eine Hausbewohnerin klärte uns freundlich darüber auf, dass die beiden vor wenigen Minuten fortgefahren seien. „Es schien, als wollten sie verreisen. Die hatten vier Reisetaschen bei sich."

„Und nun?" Fragend schaute ich Böhnke an. Nachdenklich stiefelten der Kommissar, Sabine und ich durch das Treppenhaus wieder auf die Straße und kletterten in den Dienstwagen.

„Jetzt geht es ab nach Belgien!", gab Böhnke dem Fahrer den Befehl. „Über Eynatten nach Eupen. Alleda!" Er griff zum Funkgerät und bat die Zentrale, die Polizeistation in Eupen zu benachrichtigen. Aus dem Handschuhfach nahm er eine zusammengefaltete Landkarte, die er mir über die Schulter nach hinten reichte. „Ich habe alle Orte zwischen Aachen und Eupen angekreuzt, in denen es Beerdigungsunternehmen gibt", erklärte er. „Zuerst fahren wir aber direkt nach Eupen zu unserem schnellen Leichenbestatter."

„Glaubst du wirklich, die Brüder und die beiden Belgier gehören zusammen?" Sabine blieb wie immer skeptisch.

„Wir werden es sehen", antwortete ich vage. Ich ging davon aus, auch wenn der letzte Beweis dafür noch fehlte. „Wenn wir die vier zusammen mit dem Geld erwischen, dürfte ja wohl alles klar sein, oder?"

Sabine sah schweigend aus dem Seitenfenster. Die Landschaft sah idyllisch aus, links und rechts der schnurgeraden Landstraße türmte sich der Schnee auf den großen, freien Flächen und den vereinzelten kahlen Bäumen. Ich mochte diese weitläufige Landschaft, solange ich nicht mit dem Fahrrad unterwegs sein musste und mir dabei der Wind um die Ohren pfiff. Das würde im Sommer wieder der Fall sein, wenn Schulz mit mir auf Radtour ging.

Es fiel mir auf, dass ich Sabines Hand genommen hatte und sie streichelte. Das war so selbstverständlich, dass ich es zunächst nicht einmal gemerkt hatte.

„Wohin wollen Sie?", fragte ich Böhnke, als wir das Ortseingangsschild von Eupen passiert hatten.

218

„Nicht weit", antwortete er, „gleich um die Ecke finden wir die Adresse." Er gab dem Fahrer einige Anweisungen und ließ wenig später den Wagen in einer kleinen, unwirtlichen Seitenstraße anhalten.

„Es ist wohl besser, wenn wir uns zu Fuß nähern", sagte er, stieg aus und öffnete galant Sabine die Seitentür.

Als gute Wohnlage würde ich die Gegend nicht bezeichnen. Alte, zum Teil heruntergekommene Häuser, in denen sich dunkle Ladenlokale oder wenig gepflegte Wohnungen befanden, säumten die Straße.

„Das hier ist Sanierungsgebiet", erläuterte Böhnke, der neugierig umherschaute, „hier tut sich nicht mehr viel." Ein flüchtiges Lächeln fuhr über sein Gesicht und zielstrebig ging er auf einen Mann zu, der uns auf der anderen Straßenseite entgegen geschlendert kam.

„Mein belgischer Kollege Dalhey", stellte er uns den Kriminalbeamten vor, der uns höflich die Hand schüttelte. Der Mann sah unscheinbar aus, ich hatte ihn als einen Bewohner der maroden Häuser angesehen, aber nicht als Ordnungshüter.

Dalhey machte sich nicht die Mühe, uns lange aufzuklären. „Kommen Sie bitte mit, Ihre deutschen Freunde sind schon da. Wir haben mit der Festnahme gewartet, bis Sie angekommen sind. Die Ganoven können nicht flüchten", versicherte er, „das Gelände ist vollständig abgeriegelt."

Er bat Sabine und mich, uns zurückzuhalten. Den Schutz und die Sicherheit von Zivilisten könne er beim Polizeieinsatz nicht garantieren, meinte er, als wir vor einer Toreinfahrt standen, durch die ich in einen schmuddeligen Hof mit einsturzgefährdeten Gebäuden schaute.

219

„Hier waren wir doch schon", flüsterte mir Sabine atemlos zu. Sie hatte sich an meinen Arm geklammert und sich fest an mich gedrückt.

„Richtig", bestätigte ich, „am Tag als der Schnee kam." Den fragenden Blick von Böhnke übersah ich geflissentlich. „Jetzt bin ich aber gespannt, was passiert", sagte ich vielmehr.

„Was soll schon passieren?", erwiderte Dalhey gelassen. „Wir werden jetzt mit ein paar Mann in das Büro stürmen und die vier festnehmen." Er hob die Hand und winkte. Sofort traten aus Nebengebäuden mehrere Männer hervor, die ruhig auf eine Tür zuschritten. Erst spät zückten sie aus den Manteltaschen Pistolen, als sie in das Haus eintraten.

Nur wenige Minuten später zeigte sich ein Polizist und gab ein Zeichen.

„Alles in Ordnung", sagte Dalhey. „Sie können getrost mitkommen. Es ist alles erledigt."

Neugierig folgte ich ihm in das windschiefe Gebäude, wir betraten einen dreckigen, stinkigen Büroraum mit alten Schreibtischen, Stühlen und Schränken und den mit Vorhängen verschlossenen Fenstern.

„In dem Bau möchte ich nicht als Leiche enden", wisperte ich Sabine zu, die mir als Antwort nur einen leichten Schlag verpasste. Ich hatte Mühe, mich an das dämmrige Licht in dem Schuppen zu gewöhnen. Obwohl es draußen taghell war, mussten die Deckenleuchten brennen.

In einer Ecke hockten vier Männer auf einfachen Holzstühlen, sie hatten die Köpfe gesenkt, ihre Arme lagen auf den Oberschenkeln, die Handgelenke waren mit

Handschellen gefesselt. Auf einem Schreibtisch lag ein großer Haufen Papiergeld. Die Entführer hatten das Lösegeld zusammengekippt und waren wohl von der Polizei überrascht worden, als sie es aufteilen wollten.

Ein Blatt Papier war auf den Boden gefallen, ich bückte mich und las es. Lächelnd steckte ich es in die Tasche. Die Quittung brauchte die Polizei jetzt nicht mehr.

Interessiert musterte ich die vier Gestalten, die eher harmlosen Zeitgenossen als ausgebufften Ganoven ähnelten. Das Jüngchen vom Bahnhof hatte Mühe, das Weinen zu unterdrücken. Sein Bruder gab sich trotzig, der verhinderte Büttenredner schüttelte verständnislos den Kopf, der vierte im Bund hatte sich zurückgelehnt und stieß leicht mit dem Hinterkopf gegen die schmutzig weiße Wand.

„Warum nur?", hörte ich mich fragen. Für ein paar lausige Kröten wird man zum Schwerverbrecher.

Die Gründe seien doch klar, antwortete mir Böhnke, „Rauschgiftsucht, Arbeitslosigkeit, Verbitterung und Schulden."

Für das Quartett war Aschermittwoch, dachte ich mir, für die vier war alles vorbei.

„Wenn ich jemand entführen würde, würde ich mich aber nicht so blöd anstellen, wie die da", sagte ich zu Böhnke.

Er grinste nur.

„Wie sind Sie denn auf uns gekommen, Herr Grundler?", meldete sich mein bekannter Unbekannter ausgesprochen höflich zu Wort. Es musste der Leichenbestatter

221

gewesen sein, wie ich aus der Konstellation des Quartetts annahm.

„Das ist eine lange Geschichte", antwortete ich, „viel zu lang, um sie Ihnen zu erzählen. Vielleicht schreibe ich sie einmal auf."

Im Gefängnis hätte er dann ausreichend Zeit, sie zu lesen.

Kurt Lehmkuhl, 1952 in der Nähe von Aachen geboren, war nach seinem Jurastudium in Bonn jahrzehntelang Redakteur im Zeitungsverlag Aachen. Er ist als Journalist, Schriftsteller und Dozent für Kreatives Schreiben tätig. Neben zahlreichen Romanen hat er auch etliche Kurzgeschichten veröffentlicht und zeichnet als Herausgeber für fünf Anthologien und ein Hörbuch verantwortlich. Seine aktuellen „Böhnke"-Romane erscheinen größtenteils im Gmeiner-Verlag.

Die Reihe „Mörderisches Aachen" umfasst:
1. Tore, Tote, Tivoli
2. Ein Sarg für Lennet Kann
3. Blut klebt am Karlspreis
4. Die Aachen-Mallorca-Connection
5. Mörderische Kaiser-Route
6. Der Grenzgänger
7. Ein CHIO ohne Rasputin

Zur Serie „Tödliches Düren" gehören:
1. Tödliche Recherche
2. Tödliche Annakirmes
3. Tödliche Spritzen
4. Tödliches Vertrauen